「――紀一？」

　息が苦しいほど強く自分を抱きしめる紀一に、
その背中を優しく撫でてあげながら、「朝になったら、家に電話するよ」

　囁いた。

　いつでも繁に、最上の愛情を贈ってくれる大切な人へ、

「一緒に、ご飯を食べようね」

　囁いた。

　愛してると、告げる代わりに。

Bitter & Sweet Memories

ごとうしのぶ

23449

角川ルビー文庫

目次

口絵・本文イラスト／丹地陽子

とつぜんロマンス

◇◆◇

1

◇◆◇

「やれやれ」

俯《うつむ》いて、佐伯繁《さえきしげる》は何度目かの溜め息を吐《つ》いた。「俺ってやっぱり、サラリーマンに向いてないのかな……」

サラリーマンどころか、勤労そのものに合っていない気さえする。

何をやってもうまくいかない。

親戚《しんせき》の縁故で入社しただけに軽々にこちらから辞表を出して退職するわけにもいかず、適材適所を謳《うた》って成果を挙げ、マスコミにまで取り上げられた会社なので会社側からもそう簡単にクビが切れず、そうこうしているうちに、入社してかれこれ十年が経とうとしていた。

この十年、文字通り〝適所〟に配属されるべく会社中のセクションをくまなくまわされたが一向にみつからず、最後の頼みの綱、在庫管理部の係長からも、本日ついに眉《まゆ》をひそめられてしまったのだった。

「三百と三千を間違えるなんて、きみ……」

足りなければ追加を発注すれば済む。だが——。

数日前、社内にて一カ月に平均五十個しか使われない回転率の低い製品を、半年分まとめて仕入れるところを不注意で五年分の数字を事務に回してしまった。

そして本日昼すぎ、山と届いた製品に係長は唖然《あぜん》とし、呆然《ぼうぜん》と繁を眺め、愕然《がくぜん》と、先のセリフを呟《つぶや》いたのだ。

「三百と三千、ゼロがひとケタ違うだけで、半年と五年か。──ああ……」

開発めまぐるしいこの御時世に、同じ製品を五年間も使う保証などどこにもないのに……。

よくぞ、その場でクビを言い渡されなかったものである。

「クビを宣告された方が、いっそ、ありがたかったかもしれないけどな」

都会の森、林立する高層ビルの谷間に埋もれた気持ちばかりの（こちらは本物の緑ある）公園で、錆《さ》びたベンチに腰掛けて、繁は膝《ひざ》にのせた、自分のようにくたびれきった黒いビジネスバッグに頬杖《ほおづえ》をついた。──決して安くはなかったのに、買ってから数カ月と経っていないのに既にほうぼうが擦り切れていて、

「まるで俺みたいだな、おい」

繁はビジネスバッグに話しかける。「たいして酷使しているわけでもないのにな。お前もハズレのうちか？」

佐伯繁は今年で二十九歳になる、都内の、某中小企業に勤めるサラリーマンである。高校卒業と同時に両親の知人の紹介で就職し郷里から単身上京したのだが、都会の生活は今年で十年になるというのに、水に慣れるというよりも溺死《できし》寸前であった。

この十年間、上司に褒められたことといえば、お茶の淹《い》れ方とコピーの取り方だけである。

それも、入社当時に。

『繋に就職なんか無理に決まってるだろ』

会社の内定通知が届いたとき、笑った友人がいた。

『それより、こんなに旨《うま》い肉ジャガが作れるんだ、僕の嫁さんになれよ』

からかって、また笑った。

「あいつ、先見の明があったんだな」

再び、溜め息。

繋には四つ年下の弟がひとりいる。ちいさな頃から両親が共働きで、兄弟ふたりきりの夕食は毎日のことであった。たまの休日も仕事で疲れている母親にかわって、繋が食事の支度をしたものだ。

近所の人は「子どもに家事を全部押しつけるなんて」と繋にひどく同情してくれたが、繋はちっとも大変などと感じていなかった。

いま思えば、家事全般が性に合っていたのであろう。

「だからって男が家事だけやってて、生計立てられるわけないもんな。やっぱり外で仕事してお金を稼がないと、生活していけないじゃんか」

「それはそうだ」

「な、そうだろう？」

——え？

突然の相槌《あいづち》に、驚いて顔を上げると、

「やあ、繁。久しぶりだね」

「一《いち》ノ瀬《せ》くん……？」

どこから湧いたのか、目の前に中学時代の同級生が立っていた。

一ノ瀬紀一《きいち》。

一に始まり一で終わる名前の如く、県下随一の進学校へトップで入学、トップで卒業した男で、代々医者の家系に倣い、本人も一流医大に進学し、研修医を経て、風の噂によれば、現在は都内のどこかの病院に勤めているらしい。

一目で高級品とわかる仕立ての良いスーツ、初夏の暑さに辟易《へきえき》しがちの三つ揃いをいとも涼しげに粋《いき》に着こなし、十年ぶりに会っても（相変わらず）素敵である。

「こんなところで会うなんて、奇遇だね——！」

繁が驚いている間に、一ノ瀬紀一は端整な顔を柔らかい笑みで埋めて、

「奇遇じゃないよ。会社を訪ねたらもう帰宅したと聞いてね、駅に向かう途中でこの公園を見つけて、もしかしたらと寄ってみたのさ」

繁の隣に腰掛けた。「きみは昔から自然がなにより好きだから、今日みたいな日は、特に緑が恋しいんじゃないかと思ってね」

「もしかして……。——聞いたのかい、俺の失敗談」

「女子社員が心配していたよ。クビにならないといいけどってさ」

「まさか、本気で心配なんかしてやしないよ。相手が一ノ瀬くんだから、いいとこ見せようとそう言っただけだよ」

「今夜あいてる？」

唐突に話題が変わった。

「え？　俺？」

「他にいないじゃないか」

紀一はクスッと笑って、「夕飯、まだだろう？」

「うん、まあ」

「食欲がない？」

「いや、いつものことだから、そうそう落ち込んでもいられないよ」

「だったら決まりだ。新幹線の時間まで、僕につきあってくれないか」

「新幹線って、まだこれから出掛けるのかい？」

「まさか。家に帰るんだ」

「一ノ瀬くん、住まい都内じゃなかったっけ」

「都内の病院に就職したってデマを、きみも真に受けてたクチだな。残念ながら、だ」

「信じられないな、一ノ瀬くんがUターン組だとは……」

「ま、いろいろとあってね。しかも就職先、病院じゃないんだぜ」

「ええっ⁉　そ、それはまた、どうして――？」

驚きを隠せず、追及の構えを見せた繫に、

「続きは夕飯を食べながら。ＯＫ？」

紀一はスルリと立ち上がった。


「まずは保管場所の確保か」

ところ狭しと在庫が並ぶ倉庫室に立って、繫は「うーむ」と腕を組んだ。険しい顔をしたところで名案が浮かぶわけではないが、要は気分の問題なのである。

ゆうべ、何年かぶりに気のおけない友人に会えたせいか、萎《な》えていた気分が心持ち、回復していた。

紀一は、繫にすれば〝変わっている人〟である。

中学まではどんなに仲の良い友人でも、高校が別になると自然と疎遠になりがちなのに、運動だけが取柄と巷《ちまた》で評価されている高校に進学した繫の家へ、最上級の高校に進学した紀一はなにかにつけて遊びに来ていた。

一番不思議がったのは繫と同じ高校の学友たちである。

悲しい現実ではあるが、繫の進んだ高校の制服を着ているときに町でバッタリ、紀一クラスの高校に進んだ友人に会っても、シカトされるのがオチなのだ。学歴社会なんて大人が勝手に騒いでいるだけかと思っていたのに、高校生の間でも、学歴に絡むエリート意識は歴然と存在しているのである。

繁自身も、そのテの苦い経験がまったくないわけではなかったが、もとよりエリートコースを歩みたいなどと志高い人生を送る予定は毛頭なかったので、それはそれ、これはこれ、だった。そもそも家事が忙しくて、中学時代にろくすっぽ勉強などしなかったのだから、進学先に関しては自業自得というものなのだ。

たいした用事があるわけでもないのに紀一はマメに（しかも差し入れ持参で）佐伯家を訪れて、両親不在で兄弟ふたりきりの食卓にプラスワンの賑《にぎ》わいを（人数としても、おかずの品としても）提供してくれたものだ。

だが紀一の来訪も三年生に進級したとたんにガクリと減り、大学受験対策たけなわの夏休み以降は、ついに一度も現れなかった。

そしてそれきり紀一のことは風の噂で耳にするだけで、本人に会うことは、偶然にしろ、なかったのだ。昨夜、十年ぶりに再会するまで。

案の定、今朝は女子社員から質問攻めを受けてしまった。受け付のマドンナからもそれとなく探りを入れられて、皆の憧《あこが》れのマドンナと話せたのが嬉しいような、悲しいような。

――昔からそうだった。

単にルックスが良いだけでなく、どこか人を惹《ひ》きつけて離さない、不思議な引力を持つ紀一は、いつでも、どこにいても注目の的で、みんな彼と友人になりたがった。もちろん繁だとて例外ではなく、用事のついでに寄ってくれただけとわかっているのに、会って、数時間話せただけで、それまでの落ち込みが嘘のように晴れてしまったのである。

「ま、それでどうにかなるわけじゃないけどな」

目の前の難問題。気分だけで解決するほど、甘くはない。「もっとも、これがうまく収納できたところで、どうしたって十年分の失点は収まりそうにないもんな」

仕事が嫌いなわけではない。ただ、どう努力しても、頑張っても、皮肉なくらい結果に結びつかないのだ。それどころか周囲に迷惑をかけてばかりいる。

繁が一所懸命なのは、みんな理解してくれていた。だが一所懸命だけでは現実社会の中で評価はされない。カナシイかな、評価されるポイントは、経過ではなくて結果なのだから。

八方塞《ふさ》がりで、それが辛《つら》いのだ。どんなに努力しても力不足で、会社の中で自分の存在理由がまったく見出《みいだ》せないことが、辛いのだ。

「佐伯さぁん」

ノックもなしに倉庫室のドアが開き、事務の女子社員がひょいと顔を覗《のぞ》かせて、「呼び出し鳴らしたのに出ないのでこっちまできちゃいました。外線入ってますよ、三番です」

彼女はドアの脇、壁掛け型の多機能電話を指さした。

「ごめん、音にぜんぜん気づかなかった。わざわざありがとう」

抱えていた大きな段ボールをよっこらしょっと床に降ろし、繁が急ぎ足でドアまでやってくるのをなんとはなしに眺めつつ、

「わたし、佐伯さんを見てると、中学時代によく読んだSF作家のショートショートを思い出すんです」

女子社員が言った。

「へえ、どんな？」

「どんな仕事もまるきりできない男の人の話」

答えながら彼女がクスッと笑う。

途端に繁の中で落ち込みが、もの凄《すご》い勢いで再来した。

事務の彼女だけでなく社内の女子社員に自分が頼りない存在と映っていることは百も承知だが、こんなふうにあからさまにからかわれると――しかも相手が、高校卒業と同時に昨年入社したばかりの、あどけなさの残る二十歳前の女の子だけに――さすがに応《こた》えるものがある。

「三番ですからね、間違えないでくださいね」

繁の目の前で指を三本立てて見せ、ちいさな子どもにおつかいを頼むような口調で繰り返して、くるりと踵《きびず》を返して女子社員が立ち去った。

彼女にはもう見えないけれども繁は傷心を笑みで隠して、受話器を外す。

「もしもし、お待たせしました、佐伯です」

「十三分も待たされて、ホントに〝待った〟って感じだよ」

セリフの内容に反して楽しそうな第一声。

「一ノ瀬くん⁉」

繋は受話器を握ったまま、なぜか赤面してしまった。「ご、ごめん、ちょっと、とりこんでたものだから」

「それは悪かったね。また後で掛け直すよ」

「いいんだ！」

咄嗟《とっさ》に強く制してしまって、繋は我ながらびっくりした。「ぜっ、全然、気にしなくていいんだ。もう、もう大丈夫だから」

紀一の声が聞けて、なぜだかひどく安心した。繋《つな》がれたラインを、少しの間でいいから、このままにしておきたかった。

「そうか」

繋の願いを知ってか知らずか、紀一は楽しそうに話を再開した。「繋、昨夜はつきあってくれてありがとう。おかげで楽しかったし、食事も旨かったよ。ひとりきりの食事ほど味気無いものはないからな」

「……そうだよね」

十年間、ひとりきりの食事を余儀なくされている繋は、心の底から同意した。「そうだ、新幹線、間に合ったかい？」

「もちろん。〝のぞみ〟にはスルーされてしまうが、地方都市に住む僕らには、最終の〝こだま〟という奥の手が授けられているからな」

「俺も帰省するときには使うけど、本当に重宝するよね。——今、どこから？」

「仕事場。ちょうど昼休みが終わって、怠け者を午後の授業へと追い返したばかりさ」

繁はクスクス笑った。

「一ノ瀬くんが高校の校医をしてるなんて、意外だよな、やっぱり」

「そうかい？　僕は天職、――適職だと、痛感しているんだけど」

「適職……」

「親父もご満悦だよ。自分の後釜《あとがま》を息子に託せたんだから、本望ってやつだよな」

「一ノ瀬くんの家って、開業医じゃなかったっけ」

「親子二代で兼業医なんだ。町のしがない開業医だけじゃ、食べていけない御時世でね」

「まさか」

紀一のジョークに繁が笑うと、

「明日《あした》の土曜日、休みだろ？」

唐突に、紀一が切り出した。

「あ、うん。うちの会社は、完全週休二日制だから」

「僕も休みなんだ。来週の月曜日から期末テスト開始でね、土日がテスト前休みなんだ」

「へえ、そうなんだ」

「ドライブ行かないか」

「えっ？」

「ベイブリッジ、見たいって言ってただろ」

「そうだけど——」

恥ずかしながら、十年も東京に住みながら、繁はまだ一度も横浜《よこはま》へ行ったことがないのである。出無精というほどではないが、用事もないのに華やかな場所へ、しかもひとりでなどと、憧れはすれども腰が引ける。

「横浜と鎌倉《かまくら》と、そうだな、典型的なデートコースを走ってやるよ、後学のために」

「後学のためと言われても、俺、免許なんて持ってないからさ、その……。それに、わざわざ俺なんかにつきあって、せっかくの連休を——」

「繁、遠慮してるのならやめてくれ」

紀一は憤ったように遮って、「遠慮は不要だ。でも、迷惑だったら断ってくれ」

低く、続けた。

「一ノ瀬くん……」

「どうする」

「——……行く」

行きたい。

「了解」

紀一の憤りが、甘やかに溶けた。「朝の七時頃にアパートまで迎えに行くから、弁当作って待ってるように」

「弁当？」

「リクエストは肉ジャガだ。面倒なら作らなくてもいいけどね」

「う、うん」

「じゃあな、あんまり落ち込んでるなよ」

プツッと電話が切れる。

「……バレてた」

繁は更に赤面して、受話器を壁のフックに戻した。


窓の下で、ほんの短くクラクションが鳴った。

流しで手を洗っていた繁がチラリと壁の時計を見ると、七時ジャスト。

時間にしろなんにしろ、昔からきっちりと約束を守る男だったが、それは変わっていないらしい。

「さすが……！」

「それでも自動車で時間どおりってのは、ずいぶんと難しいのにな」

電車と違って道路では、なにが起こるかわからない。予定も計画も立てにくいのだ。

感心しきりに繁が安普請のアルミの窓を引くと、アパート前の片側一車線の道路に、真っ赤なフェアレディZがハザードを点滅させて停まっていた。

「！　派手な車……」

けれど、一ノ瀬紀一には、似合っている。

紀一は生まれも育ちも良いから、どんな高級品に囲まれていても厭味《いやみ》にならない。ひけをとらない。

「本人の方が、そんな物より、もっと高級だもんな」

彼はエリートコースを難なく歩いて、生きてきた。歩いていたのに、高校の校医におさまって、適職などと平気で言う。「もしかすると、案外趣味が良くないのかもしれないな」

いや、こんな自分とつきあってくれた過去の実績からして、様々なハードルを低く設定しているのかもしれないけれど。

機敏な動きで車から降りた紀一はアパート二階の窓辺に繁を見つけて、声を出さずに『おはよう』と言った。土曜日の朝七時は、人によっては眠りを妨げられたくない時間帯かもしれなくて、大きな音を立てない、近所を気遣う、そんなところも好ましく——。

「って、なに考えてんだ、俺」

好ましいだなんて、「デートに行くわけじゃないんだぞ」

繁は慌てて窓を閉めると、台所に用意した風呂敷包みを攫《つか》んで、靴を履いた。

「——やっぱりラッシュに巻き込まれた」

紀一は言って、首都高に延々とのびる自動車の列をうんざりと眺めた。

「ちょうど皆が動き出す時間とぶつかったんだね」

助手席の繁は、「俺が道に詳しければ、抜け道を案内できるんだけど」

済まなそうに言う。

フットブレーキを踏んだまま、紀一はハハハッと笑うと、

「そんなこと、道にも交通事情にも疎い繁に期待してないよ。下道ならともかく、首都高の上では、どんなに優秀なカーナビでも抜け道の情報は提供できないしね。それに、僕はけっこう渋滞が好きみたいだし」

「へえ、変わってるね。前からそうだったのかい？」

「今、気がついた」

そして、繁をじっと見る。

ふざけた色のまったくない、僅《わず》かに熱さえ帯びているようなまっすぐな紀一の視線にじっとみつめられ、繁は一瞬、余計な勘ぐりをしてしまいそうになった。

俺と一緒だから？

「そ、そうだよね、話し相手がいないと、退屈だもんな」

けれど口をついて出たのは、心にもないセリフ。

「まあ、そうかな」

紀一は曖昧《あいまい》に頷《うなず》いて、フロントガラスを見遣《みや》った。そしてそれきり、黙ってしまった。

BGMは歌声のないインストゥルメンタル。癖のない、それでいて独特の切なげな旋律が、車内いっぱいに広がっていた。

「一ノ瀬くんって、こういうの、いつも聴いてるのかい？」

「苦手なら、他のと換えていいよ」

すっすっとカーナビのディスプレイを操作して、紀一はずらりとアルバム名が並ぶ画面を表示させ、繁を促す。

「あっ、苦手じゃないよ。むしろ良いなって、思ってさ。俺、あまり音楽とか聴かないから、たまに誰かの車に乗ったりすると、新鮮でさ」

繁は照れながら、「こ、この画面、どうやって地図に戻せばいいのかな……」

と、戸惑う。

「好き？」

唐突に、甘いトーンで紀一に尋ねられ、

「えっ⁉」

繁はどっと赤面して、狼狽《ろうばい》する。

「そんなに驚かなくてもいいだろ。この手の音楽、好きなのかいって訊《き》いたんだ」

「あ、ああ、そうか。うん、好きみたいだ」

じっとみつめられた紀一の眼差《まなざ》しを密《ひそ》かに引きずっていた繁は、質問を別の意味に解釈してしまい、滑稽《こっけい》なほどうろたえた。

恥ずかしい。久しぶりに会えた憧れの友人に、俺は、失態ばかり晒《さら》している。

繁は照れ隠しに、膝に置いた爽《さわ》やかな青海波《せいがいは》模様の風呂敷包みをほどくと、

「一ノ瀬くん、朝ご飯、食べてきたかい？」

話題転換を試みた。

「海老名《えびな》のサービスエリアで、ドーナツ買って食べた」

「待ち合わせが早い時間だったから、朝食用にと思って、五目ご飯のおにぎりを作ってきたんだけど――」

「もらう！」

最後まで言い終わらぬうちに即答した紀一の勢いに、繁は噴き出してしまった。


「――うん、旨い！」

満足げに舌鼓を打って、紀一はおにぎりを頬張った。

首都高の車の列は相変わらずの長蛇で、時速十キロにも満たないスピードでノロノロと前進を続けていた。

急な割り込みでもない限り、たいそうのんびりとした運転である。

「ほうじ茶もあるけど」

「うん、もらう」

コップにもなる水筒の蓋《ふた》へお茶を注ぐ繁の手つきを眺めつつ、「うちの母親なんかより、よっぽど繁の方が料理が上手だ」

紀一が褒めた。

「でも自己流だから、たいした物は作れないんだ」

「オリジナリティーが高いっていうんだよ、それは」

紀一は茶目っ気たっぷりにウインクすると、残りのおにぎりを一気に食べて、黙って手を出し、おかわり（ふたつ目）を要求する。

形の良い紀一の大きな手のひらに、アルミホイルを半分ほどむいたおにぎりをのせながら、繁はときめき始めた自分の感情に当惑していた。

困った。これでは本当に、彼女が彼氏に抱く感情のようではないか。自分の作った手料理を喜んでもらえるのが嬉《うれ》しいだなんて——。

「今も愛用してるんだな、その風呂敷」

「あ、うん。なにかと便利だし、……や、さすがに、古臭い、かな」

「いーや、まったく。しかも一周まわって見直されているらしいよ、風呂敷」

「そうなのかい？」

「むしろ先見の明だな、繁は」

「そ、そんなこと、は、ないけど……」

紀一の言葉はいちいち嬉しい。それだけでなく、車内の音楽のみならず紀一の好みはいちいち心地よく、紀一の行動は、いちいち好ましい。だが、どれも自分が喜ぶべき内容ではないような気がする。紀一は男で自分も男なのだ、なのに、ときめくのは——。

「鎌倉で、知り合いがペンションを経営してるんだ。今夜はそこに泊まろう」

出し抜けに言われ、繁は目をパチクリさせた。

「ドライブ、日帰りじゃなかったのかい？」

「一泊二日だよ。——もしかして、明日、デートの約束が入ってたのかい？」

「そんなんじゃないけど」

年下の事務の女の子にからかわれる程度の自分に、つきあってくれる物好きな娘などいないのだ。そんな自分に、「どうしてこんなに良くしてくれるのか、不思議でさ」

紀一なら、どこにいても引く手あまたで、連休にかこつけてデートに誘われたい女の子が、たくさん、首を長くして待っているだろうに。

「そうかい？」

紀一は意外そうだった。「別段不思議でもないんだけどな。これでもしっかり、下心があるんだから」

「俺の肉ジャガが食べたいから？」

「なんだ、わかってるんじゃないか」

紀一はケラケラと笑って、動き始めた流れに車を進めた。


なんか、ヤバイような気がする。

繁は手の置き場所に困って、体の脇で拳《こぶし》を作った。

無事に渋滞をクリアして、憧れのベイブリッジ経由で横浜に到着したのは十時前。

公共の駐車場に車を停め、みなとみらい名物の観覧車に乗ったり、瀟洒《しょうしゃ》な造りの横浜美術館の作品を鑑賞したり、そうこうして昼食の時間になり、車に戻って、中でお弁当を広げて食べてから、

「少し、休憩」

朝が早かったから仮眠を取りたいという紀一の申し出はもっともで、反論のしようもないのだが、「繁、膝を貸してくれ」

これには、困った。おおいに、困った。

だが繁の困惑などそっちのけで、紀一は繁を外に連れ出すと、近くの木陰のベンチに陣取って、本当に繁の膝枕《ひざまくら》で、昼寝を始めてしまったのだった。

七月の陽気は猛暑の一歩手前で、確かに全面ガラス張りで温室効果抜群の車の中より外の方が遥《はる》かに涼しいが――。

「まずいよ、一ノ瀬くん……」

これっぽっちの警戒心もなく安心しきって熟睡している紀一の寝顔を見ていると、どうしてか、愛《いと》しい心持ちになってしまうのだ。こうして理性のコブシを握ってでもいないと、柔らかそうな紀一の髪を、撫《な》でてやりたくなってしまうのだ。

相手は同性の友人なのに、それも中学時代からの昔なじみの同級生なのに、胸がざわつくよ

うな、そういう間柄ではないのに、それなのに――。

肉ジャガを美味《おい》しそうにぺろりと全てたいらげて、次に作るときは七味を利かせてくれなどとリクエストした、一ノ瀬紀一。何の前触れもなく突然現れて、それから、なにかと気遣ってくれる理由が、繁にはわからなかった。懐かしいから、などという理由では既に説明がつかないくらい、ふたりが〝会う〟ことを積極的に進めようとする紀一の行動の意味が、意図するところが、わからなかった。

わからないのに、こんなにも胸がときめく。

そうだ、七味を切らしているから明日にでも買ってこなくちゃ、などと、すっかりその気になっている自分に恐ろしささえ感じた。

一番ヤバイのは、鼓動の速さだ。紀一に膝を貸していることを嬉しく感じてしまう、自分の気持ちだ。

「僕もまずいと思ってる」

目を閉じたまま、紀一が呟《つぶや》いた。

「え⁉」

てっきり熟睡しているものだとばかり思っていた繁は、びっくりした。

紀一は寝返りを打って、繁の腹のあたりに顔を埋めると、

「繁、変わってないんだもんな。出世、してないんだもんな。繁がバリバリに仕事してくれていたら、僕は会わずに帰るつもりだったんだ」

「それ、木曜日の夜のこと？」

「僕ってマセた子どもでさ、自分で言うのもなんだけど、けっこうしっかりしてたんだ。なにせ本気の生涯の伴侶《はんりょ》探しを、小学生の頃からやってたんだからさ」

「小学生の頃から本気の結婚を意識してたのかい⁉」

確かに、マセてる。

「まあ必ずしも結婚という形をとらなくても、一生を共にしたいくらい、かけがえのない人をみつけたかったわけだよ。しかも、ちゃんとみつけたんだ」

「一ノ瀬くん……」

「ところが、せっかくみつけた相手が非常にまずいヤツでさ」

「あの、俺、急に用事を——」

「逃げるな」

いきなり腰を抱きしめられて、繁は硬直してしまった。

思わず、太ももの内側に力が入ってしまう。

「そんなに構えるなよ、こんな所で襲ったりしないから」

紀一はおかしそうに笑って、「気立てが良くて、料理が上手《うま》くて、家事が大好きで、好みやアイテムがやや風流で、浮ついてなくて。ああ、こいつなら、家庭を任せてもちゃんとやってくれるんだろうな、と、確信したのはいいけれど、そいつと結婚できないって現実に、マヌケな話だが、中学一年の時に気がついた」

「一ノ瀬くん、俺――」

「気づいても諦《あきら》めきれなくて、いつもくっついてまわった。結婚できない相手なのに、どうしてそんなにそいつにこだわってしまうのか、高校の時に理由がわかった。しごくもっともで、至ってシンプルな解答だった」

「い、一ノ瀬くん、俺、俺――」

「僕はそいつに惚《ほ》れてたんだ」

「俺、帰る！」

強引に立ち上がろうとした繁を、力ずくで圧《お》し止《とど》め、

「わかってるんだろうな。繁が今、このまま帰ったら、僕たちは二度と、友人同士としてでさえ、会えなくなるんだぞ。――せめて最後まで、話を聞けよ」

「やだよ！　このままいたら、もっとまずいことになっちゃうよ！」

「どうして」

紀一にまっすぐ振り仰がれ、繁は動揺で真っ赤になった。

「言わせるなよ！」

「もしかして、繁……」

「放せよ、俺、帰るんだから」

「繁、お前も――」

「違うよ！　違うって！　――あ……」

さらに強く腰を引かれ、繁はちいさく悲鳴をあげた。

「繁……」

純白のシーツの海に、熱い吐息が呑《の》まれてゆく。「繁、繁……」

繁のすべてを覆いつくさんばかりに絡みつく、紀一の伸びやかな肢体へきつく腕を絡めて、繁は荒波に翻弄《ほんろう》される小舟のように、揺れていた。

飽きることなく、何度も何度も愛しげに囁《ささや》かれる自分の名前に、紀一の諸々《もろもろ》の想いを全身で感じてしまう。

「——十年経って忘れられなかったら、会いに行こうと思ってた」

横浜から鎌倉までのドライブは、ふたりの空白の十年間を一気に埋めるものだった。紀一は昔話をするような懐かしい瞳《ひとみ》で、繁に語ってくれた。「忘れられないまでも、繁が欲しい、この衝動がおさまればそれで充分だったんだ」

だが十年間、一度たりとて会わずにいたのに、むしろ会わずにいたからか、この不毛な恋心はまるきり色褪《あ》せることなく、そして紀一は決意したのだ。

とにかく、繁に会いに行こうと。

「あれ、冗談じゃなかったんだな」

肉ジャガのプロポーズ。

笑ったのは、紀一。

「冗談で誤魔化しでもしないと、その場で繁に気味悪がられて、いきなり国交断絶になってしまうだろ」

「国交断絶って、大袈裟《おおげさ》な」

紀一の冗談に頬が緩む。「俺がバリバリに仕事をしてたら、諦めがついたのかい？」

「あたりまえだ。それを奪うほど野暮じゃない」

「つまり、俺を、連れ戻したいんだな」

故郷へ。

紀一は黙って、頷いた。

「繁、誤解するなよ。弱みにつけこんでるわけじゃない」

「わかってるさ、そんなこと」

紀一はそんな男じゃない。「でも、俺は今の会社を辞められない」

「どうして」

「確かに、今の仕事で自分を生かせてるとは言えないさ。でも、俺が会社にとって役立たずの人間でも、役立たずだからこそ、このままでは絶対に辞められないよ」

「迷惑かけどおしで辞めるのは嫌だ、と？」

「そうだ」

「だとしたら、ひとつでいいから繁が会社の利益になるような役に立つ仕事をしたなら、僕の所へ来てくれるかい？」

「──それは……」

「僕の家のことが心配？」

「…………」

「来月、うちの〝放蕩《ほうとう》兄上様〟がアメリカからやっと帰国するんだ。一ノ瀬医院は兄貴が継ぐことになっている。僕は家を出て、祠堂《しどう》学園の校医を続ける。高尾台《たかおだい》の分譲地に手頃な物件が売りに出てたからもう頭金を払ってしまった。だが繋も知ってのとおり、僕はかたづけが壊滅的に苦手だ。家事炊事はもちろんできない。せっかくの新築一戸建ても僕がひとりで住んでいたら、あっという間にボロ屋敷になってしまう」

「一ノ瀬くん」

「嫁になれとは言わない。百歩譲って、繋の家から通いの家政夫でもいい。それで、僕の帰りを待っててほしい。僕は繋と一緒に夕飯が食べたい。もちろん給料は払う。だから──」

「家事しか取柄のないこんな俺に、すごくありがたい話だと思うよ。けれど少し、考えさせてくれないか」

「──ああ、わかってる」

「それから、……肉ジャガのプロポーズだけど、本気なら良いのにな、と、一度だけ思ったことがあったんだ。ただそのときは、ちょっと自暴自棄になっていて、その、現実逃避みたいな情けない感じで……。でも、言われたのが一ノ瀬くんじゃなかったら、絶対に、思い出しもしなかったぜ」

「繁……」

「やっぱりまずいよな、こういうの」

「ああ、まずいかもな」

まずいけど、でも……。

——マリンブルーで統一された室内、明かりの落ちた薄暗い天井に、霧がかかっているようだった。

世界が白い。

むさぼるように互いを求めて、いつしかふたりは優しい眠りに落ちていた。


「よお、おはよう！　元気かね、佐伯くん！」

いきなり背中を叩《たた》かれて、勢い繁はビジネスバッグを床にとばしてしまった。

月曜日の朝、繁がビルに入ってきた途端にどこから現れたのか、在庫管理部の係長が真夏の太陽のような明るくご機嫌な笑顔で、

「連休は楽しめたかね？」

きさくに話しかけてきた。

「はあ、まあ……」

繋は背を屈《かが》め、慌ててビジネスバッグを拾いながら、困惑していた。

係長の変化が理解できない。——どうしたんだ？　一昨日《おととい》までは、俺を見ては胃に手を当てていたほど、俺の存在が憂鬱《ゆううつ》そうだったのに。

「これは内々のことだがね」

係長は繋の肩を摑《つか》んで手前に引くと、「来月、二十パーセントの昇給が決定したよ」

こっそり、言った。

「は？　誰のですか？」

「もちろん、佐伯くんのに決まってるじゃないか」

「はあ？」

繋は目をまんまるくして、「何かの間違いですよ、係長」

断言した。

「間違いかどうかは、給料の明細を見てからだな」

係長はニヤリと笑う。

繋はますます困惑した。——キツネにつままれたというのは、こういう気分を指すのかもしれない。

事務所の自分の席に着いてからも相変わらず係長は上機嫌で、しかも他の社員の繋に向けられる眼差しにも、係長と似たような明るさがあった。

「はい、お茶をどうぞ」

在庫管理部の紅一点が、頼みもしないのにお茶を机に置いていく。

「――いつもは頼んでも、なにかと理由をつけてスルーされるのに」

場合によっては繁のお茶だけ。

今日はエイプリルフールだっただろうか。それとも、在庫管理部総出で、先日の腹いせに繁をからかっているのだろうか。

「おはよう、佐伯」

隣の席の笹山憲二《ささやまけんじ》が椅子のローラーを大きく引いて、座りながら繁に言った。「やったな、おい。金一封が出るかもしれないって話だぜ、出たらおごれよ」

「おごる？　ちょ、何の話だよ」

「おーおー、謙遜《けんそん》しちゃって」

「謙遜なんかしてないよ。みんなどうしちゃったんだ？　様子がおかしいぞ」

「え、まさか、お前本当に何も知らないのか？」

笹山は驚いて、「ニュース、見てないのか？」

と訊いた。

「連休、出掛けてたから……」

出掛けていてもニュースのチェックくらいは造作もないが、それどころではなかったのだ。

「そうか、なら仕方ないか。――取引先のK商事、土曜の晩に不渡り出したんだよ」

「K商事っていえば、うちの最大手の取引先じゃないか」

「佐伯がこの前、どっさり在庫を注文した相手だよな」

笹山のからかいに、繁は苦笑した。

Ｋ商事は日本の企業と海外の企業の間に立って、双方の工業製品その他を仲介している会社で、独自の流通経路を持つために、ここ数年であっという間に株式一部上場にのしあがってきた優良企業である。

「なんでも役員が、絵画投資に失敗したんだそうだ。ニセモノを掴まされたって噂だけどな」

「再建のメドは？」

「全然。一応、政府に申請はしてるみたいだけど、負債がのしてるから難しいだろうなあ」

「それと俺の金一封に、どう、かかわりがあるんだ？」

「まずひとつ。佐伯が仕入れた製品ってのがＯＡ用の消耗品なんだが、Ｋ商事を通さないで買うと今までの二倍のコストがかかる。ふたつめは、製品を作ってる肝心のリタックスってアメリカの企業が、Ｋ商事のあおりをくらって潰《つぶ》れちまった。こうなると、いくら金を積んでも製品は手に入らない」

「生産中止ってことかい？」

「そういうこと。あっちは日本みたいに政府が再建の手助けなんかしてくれないから、どうにか立ち直ったとしても、Ｋ商事が復活するよりあとになるだろうな」

「それじゃあ困るじゃないか」

「困るんだよ」

　笹山は大正解と人差し指を立て、「だから、佐伯のおかげでうちは助かったんだ。あの製品は、他社製品では代えがきかないんだ。在庫が尽きたと同時に莫大な金額を投じて機械を買い直すか、もしくはシステムを変更する、そのどちらかを迫られる。だがそう簡単にシステムは変えられないだろ、ハードの開発をしなけりゃ変更できないんだから。本来ならば半年後にデッドラインがきてしまうはずが、佐伯が五年の猶予をくれたってわけさ。五年あればシステムの変更も可能だよな。機械も買い直さなくていいんだから、会社にとっては何億という余分な支出を抑えることができたんだ」

「へえ……」

「なんだ、他人事《ひとごと》みたいに」

「だってさ……」

　災い転じて吉。そんなことが現実に起きるなんて、信じられないんだ……。


「驚いたな」

　電話の向こうの美青年はきっと繁と同じくらい、目をまんまるくさせていることだろう。

　定時に会社を出て、アパートへ帰り、逸《はや》る気持ちを落ち着けてから、繁は紀一へ電話を入れた。学校にいるあいだは留守電になっていると聞いていたので、メッセージを残すつもりでいたが、すぐに通話は繋がった。ちょうど今、仕事が終わって帰路に就くところだったという。

そのタイミングの良さもまた（どこまでも出来過ぎていて）信じられない心持ちながら、繁は今日のいきさつを一気に喋《しゃべ》ったのだ。

「帰りがけに部長にまで直々に礼を言われてしまって、俺、どうしていいか……」

床の座布団に正座して、不安げに溜め息を吐く。

「どうもこうも、せっかくの賛辞だ、素直に喜べばいいんだよ？」

「でも、例えば、色々と情報を収集した結果、K商事が危ないから先手を打って余分に在庫を確保したとかいうのなら、金一封だろうと、二十パーセントの昇給だろうと喜んで受け取るけれど、今回のは、たまたま、そうなっただけで、俺の手柄とはとても呼べない」

「たまたまであれ、運も実力のうち、と言うぞ」

「そうかもしれないけど、……やっぱり、素直に喜べない」

「苦労性だな、繁は」

紀一は笑うが、どんなに精一杯努力をしようと、なにをやっても芽の出ない、冴《さ》えない自分が、紀一に望まれ、会社に感謝され――、

「こんなこと、本当はありえないいんだよ。一ノ瀬くんに会ってから、俺の世界が変わってしまったようなんだ」

「そうか。では早速、幸運を招《よ》んだ僕のために、あした会社に辞表を出しておくれよ」

「えっ？」

「そういう約束だったよね」

「約束って？」

「もう忘れてしまったのかい？」

「あ……」

思い出した。車の中で、紀一に誓った。

「会社に対して男としてのメンツが立っただろう？　もう思い残すことはないはずだよな」

「そ、そうだけど、でも――」

「繁をしあわせにする。絶対だ」

「――一ノ瀬くん……」

紀一はひとつ呼吸を挟んで、

「僕のところへ、来て欲しい」

静かに告げた。


「元気でね」

「達者でやれよ」

「故郷が嫌になったら、いつでも戻ってこいよ」

口々に、はなむけの言葉をかけてもらい、繁は恐縮しっぱなしであった。ビルの正面玄関に集まっている沢山の社員たちに、来客が不思議そうに様子を窺《うかが》いながら、通り過ぎてゆく。

「ありがとうございます。長い間お世話になりました」

　繁が深々と頭を下げると、

「世話になったのはこっちの方だ」

　係長がポンと繁の肩を叩いた。「長年まじめに勤めてくれただけでなく、危ういところをきみの機転で（結局そういうことになってしまった）切り抜けられたんだ。会社としても、きみのような逸材を失うのは痛手だが、たっての希望というのであれば仕方がない。だが、きみに医療の心得があるとは知らなかった。能ある鷹は爪を隠すというが、佐伯くんはまさしくそのものだったんだな」

「医療の心得、とは、何のお話ですか？」

「いやいや、ここまできて、隠さなくてもいいだろう」

　係長は、きみはいつでも謙虚だな、と続けて、「佐伯くんの辞表が提出された数日後に、医師会を通じて社長のところへ連絡が入ったぞ。佐伯くんはここを辞めてから、医療業務につくそうじゃないか。正真正銘、人助けの道を行くんだな」

　わかった、紀一のしわざだ。

　また手の込んだことをしてくれて。退社の理由はなんでも良かったのだが、

「上司にも納得がいくように、ちゃんと恰好《かっこう》がつくようにしてくれたんだ」

　さりげない配慮が、彼らしい。

「はい、佐伯さん！」

繋がひそかに感動していると、いきなり目の前がピンク一色になった。

「わっ！」

超特大の、バラの花束。「ど、どうしたんだい、これ」

「女子社員有志からのお餞別《せんべつ》です。わたしが仕切らせてもらいました！　どうせ佐伯さん、女の子から花束なんかもらったことないでしょう？　きっとこれからもないだろうし、いい記念になると思って」

事務の彼女は、相変わらず手厳しい。

「ありがとう、綺麗《きれい》だね」

「わたし、嬉しいわ。やっぱり佐伯さん、わたしが見込んだだけはあったもの」

「ああ、例の無能な男の話？」

繋が苦笑すると、

「そう。結局それが役に立つの！」

え？

「小説と現実は違うかもしれないけど、わたし期待してたんだ。佐伯さん、きっといつか、みんながびっくりするような仕事をしてくれるって」

「きみ……」

「じゃあ、東京に来るようなことがあったら、遠慮なく寄ってくださいね」

女子社員はバイバイと手を振って、仕事に戻って行った。

――侮られていたわけじゃ、なかったんだ。

繁は花束に視線を落とした。

「あんまり急で、送別会すらしてやれなくて悪いな」

笹山が言う。

繁は俯《うつむ》いたまま、首を振って、

「いや……」

それきり、言葉を失った。

涙で、喋れなくなった。

彼女は、手柄をたてた佐伯繁にこの花束をくれたのではないのだ。きっと彼女は、繁が手柄をたてようとたてまいと、あっけらかんとした口ぶりで、繁を送り出してくれたであろう。

自分を認めてくれていた人がいた。たったひとりでも、認めてくれていた人がいた。

「なんだよ佐伯、泣いてるのか?」

バサリと音をたて花束を包むセロファンに顔を埋めて、繁はかぶりを振った。

ここを離れたくない。――離れたくない。


大きく窓を開けると、涼しい高台の風が流れてくる。

「いい眺めだね」

裾野《すその》に広がる長閑《のどか》な市街、その先に、清々《すがすが》しい風を運んでくる大海原。

「だろう？　あと何年かしたらもっと開発が進んで、この辺りは垂涎《すいぜん》の高級住宅街になるぞ。そしたらここを売り払って、もっと大きな屋敷を買おうな」

冗談めかしたウインクで紀一は繁の脇に立ち、繁の肩を抱き寄せた。

引っ越しのてんやわんやも、ここ数日でようやく片がつこうとしていた。

学校関係者最大の楽しみである長期休暇、夏休みは、引っ越しの手伝いでほとんどがつぶされ、けれど紀一はちっとも不満など感じていなかった。これからの繁との楽しい生活を想像しただけで、夏休みを肉体労働のみで費やそうと、おかまいなしなのだ。

「繁、よく来てくれたな」

海をみつめたまま、紀一が言った。

「ん？」

「あの日、繁の顔を見たとき、僕は約束を撤回されるものとばかり思っていた」

「ああ、退社した日のことかい？」

「撤回されたら、もう、僕には……」

繁はまっすぐ紀一を見上げると、

「俺、約束を破ったりしないぜ」

安心させるように紀一の腰に手を回した。「確かに、会社に未練があったのは否定しないけど、でも、あのままいても――」

「……そうだな」

紀一は頷いて、やがて、「繁、今夜、肉ジャガ作ってくれるか?」

と訊いた。

「いいよ」

繁は晴れやかに応える。

「明日も、あさってもだぞ」

「いいよ」

「僕のためだけにだよ」

「いいよ、一ノ瀬くん」

「――紀一だ、繁」

「いいよ、紀一……」

どちらともなく重なるくちびる。

ふたりの遅い夏は、これから、始まる。

◇◆◇　2　◇◆◇

玄関のインターホンが鳴った。

　引っ越しの片付けもすっかり終わった八月の、夏休みも中盤に差しかかった或る日、狭いながらも大好きな植物たちで溢《あふ》れている庭でせっせと雑草むしりに励んでいた繁は、

「あ、お客さんだ」

　こってりと泥のついた軍手の両手をこすり合わせて泥を地面へ落としつつ、つばの広い麦わら帽子の隙間から、二階のベランダにいるはずの紀一を振り仰いだ。「紀一！　玄関にお客さんらしいから、出てくれないか？」

　大きく声をかけて、だが、返事がない。

「紀一！　お客さん！」

　再び呼びかけても、やはり返事は戻ってこない。「……デッキチェアに寝転がって本を読んでいたからな、そのまま寝落ちしちゃったのかもしれないな」

　家を持ったならば、念願だったという、大きなガーデンパラソルとリクライニング式のデッキチェアの組み合わせ。それを庭ではなく（狭くて無理だったのだ）二階のベランダ（やけに広い）に設置した紀一は、そこが大のお気に入りだった。なにより、うたた寝は、紀一の専売特許である。

　見た目はあんなにスキのないびしっとした美男子なのに、その素顔はいたるところスキだらけで（だらしない、という表現もあるが）昔ながらのつきあいでそういう紀一のキャラクターを把握していたはずの繁でさえ、「放っとけないぞ、コイツは……！」と、セッジツに嚙《か》みしめてしまうほどの、スキだらけっぷりなのであった。

再びインターホンが鳴った。

「はい、ただいま！」

紀一を当てにするのはさくっと諦め繁は玄関の方角へ大きく応えると、軍手を外し、庭の水道でざっと手を洗い、「エプロンは、……外さなくてもいいか」

草むしりはまだ途中、なにせガーデニングエプロンも泥だらけなので、外したり着けたりが少々厄介だ。来客に失礼かなと思いつつも、なのでエプロンはそのままで、首にかけたタオルで濡《ぬ》れた手を拭《ふ》きながら、繁は家の脇を抜けて玄関へ向かった。

「──どちら様ですか？」

玄関脇の植え込みをガサリと鳴らしてぬっと現れた繁に、

「なんだ？　玄関はそっちだったのか」

たいして驚くふうでもなく、来客は感心したように植え込みを眺めた。「どうりで、いくらインターホンを鳴らしてもドアが開かないわけだ」

クールに言って、片口をシニカルに上げる。

「伴《ばん》、くん……」

そこには、繁たちの中学時代の同級生、伴明嗣《あきつぐ》が立っていた。高校大学と紀一と同じエリートコースを突き進み、今や二十九歳の若さで会社経営をしていた。つまり、社長さんである。

家の前にデンと横付けされたメルセデス・ベンツ。車音痴の繁でもあれが高級車だということは知っている。伴は、紀一とはまた違った意味でえらく頭の切れる男で、多少、人を小馬鹿にしたような、そういう独特の雰囲気をもっている、繁にはちょっと気の重い同級生である。

「紀一は？」

「えっと、昼寝中、だと思うけど」

「佐伯にだけ働かせて、呑ン気なヤツ」

伴はクスッと笑うと、「顔に土がついてるぜ」

首にかけたままの繁のタオルの端で、ひょいと顔の土を拭き取った。

繁はギクリとして——なにせ、そんなこんなで、中学時代から伴とはろくに口を利いたことすらなかったので、いきなりこんなふうに親しげに接されることに、まるきり免疫がないのである——承知の伴は、クススッと笑い、

「あいつ、どこ？」

話を戻す。

「あ、二階のベランダに——」

「勝手に上がらせてもらうよ。これ、手土産」

繁の手へ、箱からして豪華な二個入りのマスクメロンを押しつけると、正しい方の玄関に、躊躇《ちゅうちょ》なく入って行った。

シニカルで、癖の強い、クールな二枚目。

それが、繁にとっての伴明嗣の印象である。紀一が甘くて柔らかい雰囲気の二枚目なので、好対照の組み合わせだった。

そのふたりが年中つるんでいたのだから、イヤでも目立つのは当然で、

「バレンタインは、いつも大変だったもんな」

中学のときには毎年、学校中の女の子が紀一派と明嗣派に分かれて、当のふたりをよそに、やたらと盛り上がったものだ。

たまらないのはその他大勢の男たちである。——尤《もっと》も、あのふたりに正面切って勝負を挑むイノチシラズはいなかったけれども。

お盆のグラスにアイスコーヒーを注ぎながら、繁は懐かしく過去を振り返っていた。

キッチンに入って食品を触るので、結局ガーデニングエプロンは玄関で外した。ついでに、土や埃で汚れていたTシャツなども脱いで着替えた。

あの頃から人当たりのきつい（女の子に言わせると、クールでかっこいい）伴には近寄りがたかった。ジロリと見られただけで、ものすごく馬鹿にされたような気分になる。本人に他意はなかったとしても、そう、感じてしまう。そういう威圧的な眼差しの持ち主なのだ。

「お、もう準備してくれてたのか」

寝癖のついて撥《は》ねた髪と寝惚《ねぼ》け眼で、二階からのっそり下りてきた紀一が、感心しながら繁に寄る。「何か冷たい飲み物を、と頼みに来たんだが、さすがだな」

「用意が終わったら、ベランダまで運ぶよ」

デッキチェアはふたつあるのだ。自慢のベランダで、ゆっくり積もる話をするとよい。

「いや、リビングでいいだろ。それより、グラスがひとつ足りないじゃないか」

「え？　だって、伴くんと紀一の分だよ」

ちゃんとふたつ、あるじゃないか。

「繁のは？」

「俺？」

「そうだよ」

「――俺？」

「そうだって」

紀一は食器棚から揃いのグラスをひとつ取り出すと、トンとお盆にのせて、「席を外すなんて、許さないからな」

痛い所を鋭く突いた。――苦手なの、バレている。

繁は仕方なく、三つ目のグラスにもアイスコーヒーを注いだのだった。


「なかなか良い住まいじゃないか」

伴は言い、「家具の趣味もシックだし、庭付き南向きってのが良いよな」

リビングの大きなガラス窓から外を見遣った。

「明嗣も結婚したら、新居は庭付き一戸建てにしろよ」

褒められた紀一はご満悦で、アイスコーヒーを飲む。

「明嗣も、ってなんだよ。紀一は佐伯と結婚でもしたのか？」

繁はアイスコーヒーを喉《のど》に詰まらせそうになった。

そんな繁をよそに、紀一はのんびりと、

「ちゃんとプロポーズもしたし、ＯＫももらったぞ」

と、にやける。

——えええええ⁉

かなりの衝撃の事実だと思うのに、いきなりバラすのか⁉

驚愕と動揺で、紀一と、伴を、交互に眺めるだけの繁。

「新居を構えたことも、佐伯と同居を始めた話も聞いてる。だが、結婚？」

伴はソファの背凭《もた》れにドスンと体重をかけ、鼻で笑う。「なら籍を入れるのか？　男同士でどうやって？　どうせ結婚式も披露宴もできやしないだろ、なにをふざけたことを」

「慌てるなって。まだ、プロポーズしてＯＫをもらっただけなんだって」

不機嫌を隠しもしない伴へ、紀一はマイペースにのんびりと返す。

「誰も慌てちゃいないだろ。だけもなにも、寝言は寝て言えって話だよ」

「大丈夫だって、もう目は覚めてるよ」

寝癖のついた前髪をいじって、紀一が笑う。

「紀一。　俺は、真面目に話してるんだ」

苛ついた眼差しで睨む俺に、

「僕もだよ。親友の明嗣にだから、誤魔化さず、ちゃんと包み隠さず話してる」

と告げた紀一のグラスを持つ手が、僅かに震えていた。

——ああ、緊張しているのか、あの紀一でも。いつもと変わらぬマイペースさで、にこやかに、まるでふざけたように話しているが、……違うのか。

参ったな。

「――紀一、ご両親にはちゃんと話してあるのか」

「当たり前だろ。新居に引っ越す前に、繁の両親とうちの両親、どちらにも、きちんと挨拶《あいさつ》は済ませてあるよ」

「よく反対されなかったものだな」

「反対する理由がないじゃないか」

「あるだろ」

「――そうかな」

「結婚だぞ？　男同士のどこが問題ないんだよ！」

いや、違う。そうじゃない。法律や制度の話ではない。

なぜ、ここに、コイツがいるのだ？

自慢の親友、紀一の隣に並ぶのは、誰もが羨《うらや》むような素晴らしい女性のはずだ。少なくとも見るからに冴えない同級生の男ではない。こんなはずではないのだ、輝かしい一ノ瀬紀一の人生は！

ふつふつとした怒り、抑え切れない腹立ちの勢いのまま、

「俺は変態の親友を持ったおぼえはないぞ！」

悪態をつく。

まるで想定内の罵倒《ばとう》だったかのように、

「僕も、偏見の親友を持ったおぼえはない」

即座に紀一が静かに返した。

「――ッ！」

伴は怯《ひる》んだように紀一から視線を逸《そ》らした。

「明嗣、確かに僕たちはこの生活を送ることに対して、お互いの両親からふたつ返事で許してもらったわけじゃない。同居は容認されているものの、僕たちのことが理解されたわけじゃない。正直に言えば、もし繁と恋人同士になれたとしても、繁とそういう意味で一緒に暮らして行くことは不可能かもしれないと、諦めかけたことは過去に何度もあったんだ。それでも、諦めきれなかった。繁のことを諦めようとすればするほど、想いは募るばかりなんだ。――どうしようもないじゃないか。僕には繁が必要なんだ、友人としてでなく」

「……子どもはどうするんだよ、欲しくなっても得るのは無理だぞ」

「なんとかなるさ」

「なんとかなる？　なるわけないだろ！」

「本気で欲しくなったら、そのときは、本気で繁と相談するよ。ふたりで話し合う」

「安易に言うがな、紀一！」

伴はテーブルを拳でドン！　と叩いた。

伴の苛立ちは、伴こそ、本気で紀一を思っているからだ。

「覚悟はしてる」

紀一は伴の拳にそっと手を重ねると、「すまない明嗣。だが、ぼくは本気なんだ」

本気なんだ、明嗣。


「ここは星がきれいだな」

外に出ると、辺りは既に真っ暗で、

「だろう？」

紀一は腰に手を当てて、星が降ってきそうな夜空を仰いだ。「夏にこれだけ見えるんだ、空気のきれいな冬には、もっと見えるだろうな」

しあわせそうに微笑む紀一に、

「それでも日本の空じゃ満天の星ってわけにはいかんがな。――満点の人生を送る人間も、そうそういない、か」

「許すとか許さないとか、そんなんじゃなかったんだ。紀一が選んだことだ、喜んで認めてやりたかったんだよ」

「明嗣……」

それなのに、認めてやれなかった。

限られた友人にしか知らせていない、そのひとりが自分であることに誇らしさと安堵《あんど》もあったし、できれば親友の決断を、荒波への船出を応援してあげたかったのだ。ところが日を追うごとに疑問と怒りがいや増して、だから今日、伴はここへ、ふたりの新居を訪ねて来た。

「急がなくてもいいさ」

紀一が笑う。「僕なんか、繋を手に入れるのに十年もかかったんだぜ」

「そいつは、――すごいな」

伴は心底驚いて、繋を眺めた。「つまり、十年、片思いをしてたってことか？」

……ぜんぜん、気づかなかった。

高校時代も大学時代も、とてつもなくモテるのに、浮いた話を聞かなかった。密かに片思いをしていたとは、一番近くにいたはずなのに、ぜんぜん、気づかなかった。

……そうか、秘めたまま、終わりにするつもりだったのか。本当に、そうだったのか。

「十年もずっと想われて、佐伯は果報者だな」

「なんだか、世の中の人に、申し訳なくて」

繋の答えに伴は噴き出す。

「確かにそうだ！　ハハハッ、その通りだ！」

ひとしきり笑って、やがて伴は肩の力が抜けたように、「とにかく、料理は旨かった。毎晩ここへ、夕飯を食いに来たい誘惑に駆られるよ」

「来てもいいぜ」

紀一が言う。

「バーカ。誰が新婚の邪魔なんかするかよ。その場でニコニコされても、どうせ後で恨まれるのがオチだ」

自然に〝新婚〟と口にした自分に驚きつつ、「――そのうち、もう少し落ち着いたら、そしたらまた、遊びに寄らせてもらうよ」

もう少し落ち着いたら。――自分の気持ちが。

「――ああ」

「じゃな」

「おやすみ、気をつけて」

「おう」

伴は軽く手を振って、メルセデスに乗り込んだ。

「二度と来てくれなかったらどうしよう……」

薄暗い天井をみつめて、繁が言った。

「ん？」

「伴くん。また遊びに寄らせてもらうって帰り際に言ってくれたけど、今日が最後だったら、俺、紀一に申し訳ないよ」

「どうして？」

紀一は笑って、「繁が申し訳なくなる必要はないだろう」

繁の頭を抱き寄せた。

「でも……」

「ああ見えて、明嗣はけっこう食い意地が張っているからな、繁の旨い料理が忘れられなくてそのうちひょっこり現れるさ」

「そうかなあ」

「というのは冗談だとしても、――わかってもらうしか、ないだろう？」

「紀一……」

「繁のことを黙っていたのは明嗣を信用していないから、というわけではなかったんだ。好きな子が同性だと打ち明けて、友情にヒビが入るのを恐れていたわけでもない。僕がまだ覚悟を決めていなかったから、話すに話せなかっただけなんだ。もし僕が、繁以外にも好きになった同性がいたら、もしかしたら、性癖として打ち明けていたかもしれないが、そうではなかったから。それくらい、僕たちは上辺でつきあってた親友ってわけでもなかったんだ。だから、僕と繋とのことも、上辺で解決して欲しくない。それに、僕は、どんなに時間がかかったとしても、明嗣はわかってくれると信じてる。事実わかろうと努力してくれた結果、それでもどうしてもわからなかったから、明嗣はここへ来ただろう?」

親友として、できることなら口にしたくない言葉を、吐き出さざるを得なかった件。本音で紀一に向き合っていた件の〝誠意〟が、繋にも、伝わった。

紀一は繋の額に口づけすると、

「明嗣が理解しようと見詰めている先が、僕にも見えた気がしたから、だから僕は安心して、あいつが再びやって来るのを待つことができるんだ」

「……そうだね、紀一」

「どんなに時間がかかっても、あいつなら、乗り越えてくれる、よな?」

「うん」

繋は大きく頷いて、「きっと、絶対に乗り越えてくれると、俺も信じてるよ……」

お互いが大切だから、かかわるすべての人が大切なのだ。お互いを認めたいから、かかわる人々にも認めてもらいたいと願っている。

この世にふたりきりで生きているわけではないから。

「繋、明日、繋の実家に行こう」

「いいけど、突然、どうしたんだい?」

「繋の家族と一緒に、ご飯が食べたい」

最初にふたりのことを許してくれた、繁の家族。理解は追いついていないけれど協力はできると言ってくれた人たち。

あの温かさに、紀一は惹かれていたのかもしれない。船乗りにとっての港のような、いつでも温かく迎え受け入れてくれる繁の家族に、――繁に、紀一はずっと癒《いや》されていたのだ。

「――紀一？」

息が苦しいほど強く自分を抱きしめる紀一に、その背中を優しく撫でてあげながら、「朝になったら、家に電話するよ」

囁いた。

いつでも繁に、最上の愛情を贈ってくれる大切な人へ、

「一緒に、ご飯を食べようね」

囁いた。

愛してると、告げる代わりに。

叶うものならば、しあわせになりたいと願っている。

ふたりと、ふたりにかかわるすべての人々とで。

さり気なく　みすてりぃ

「まずいな、とうとう日が暮れきった」

ハイキング姿の青年がひとり、夜空を見上げて溜め息を吐いた。「やっぱり、誰か誘ってくるべきだったかなあ」

途方に暮れたように呟いて、胸に下げたおろしたての双眼鏡を大切そうに抱きしめる。長い間かかってやっと貯めたお金で買ったばかりの念願の双眼鏡だ。

今日は大安、日曜日。縁起も良いし天気も良いと、青年は趣味としているバードウォッチングをするべく、ここ、奥多摩《おくたま》へひとりで来ていたのだった。都心からさほど離れているわけではないのに、その緑の多さに目を瞠《みは》りながら、初めての土地だということも忘れて、林の中を夢中になって鳥を眺めて追っている内に、はたと気づいたときには自分がどこに居るのか、まるきりわからなくなってしまった。このあたりは携帯電話は圏外でＧＰＳも使えない。承知で用意してきた頼りのコンパスをどこかに落としたらしく、紙の地図はあれどどっちがどっちだとオタオタしている間に、すっかり日没。こうなるともう林の中はまっ暗である。

幾ら季節は春とはいえ、山林の夜はとことん冷える。ハイキング姿といえば軽装だし、しかも、通常バードウォッチングは夜するものではないので（野鳥ならぬ夜鳥を眺めるというのなら話は別だが）夜用の装備は何ひとつ持っていなかった。何の用意もなく、こんな山奥で夜明かしはできない。バードウォッチングに音は禁物、熊よけの鈴など持っておらず、熊との遭遇も怖いのだがもっと怖いのが遭遇率の高いヘビである。毒蛇に嚙まれたら——、想像しただけで生きた心地がしない。

青年は途方に暮れて、再び、月の明るい夜空を仰いだ。

幾重もの枝葉の隙間に、見慣れた春の星座が見え隠れする。

星座はいつもどおりなのに、自分はこんな所でポツンとひとり。本当だったら今頃は、家に帰っておいしい夕飯をお腹一杯食べているはずなのである。

「お土産にもらった崎陽軒《きようけん》のしゅうまい、一粒だって食べてないんだぞ。——ああ、悲劇だ。お腹が空《す》いた……」

こんなに若い身空で、結婚だってしていないのに、こんなわけのわからない山中で凍死か餓死か、はたまたヘビに襲われるか。

いや！　冗談じゃない！

「——あれ、いつもどおり？」

青年は夜空を見上げたまま、ポンと手を叩いた。「そうか、それならば！」

この林の南の方に、路面舗装はされていない幅の狭い砂利道だが、ちゃんと自動車が走れる道が一本通っているのだ。車道にさえ出られれば、後はなんとでもなる。

南。星座。

「あっちだ！」

自然は自然を愛する人間に優しいものである。

月明かりと、たまに携帯電話のライトを使い（懐中電灯がわりに常に点《つ》けているとあっと言う間にバッテリーがなくなりそうだったので、ピンポイントで使用した）、星座を頼りに南へ南へと下がって行くと、鬱蒼《うっそう》とした深い木々がふいに開け、青年はポッカリと道に出た。

「やった！　ついてるぞ！」

思わず拍手してしまう。拍手だってしたくなる。確かに青年はついていた。ラッキーなことに、人家ひとつ山小屋ひとつないこの道沿いに、青年の十数メートル前方で、車が軽いエンジンの唸《うな》りをたてて停まっていたのである。

ここからでは色も形もよくわからないが、中型の普通乗用車だった。事情を説明したならばもしかしたら近くの駅まで乗せていってくれるかもしれない。

青年はリュックを肩に掛け直すと、双眼鏡をしっかりと胸に抱え、砂利道を車に向かって元気よく走り出した。

「――あれ？」

ふと、妙な事に気づいて、青年の歩調が弛《ゆる》んだ。

車はアイドリングの状態で、夜だというのにライトはスモールですら点いていない。しかも車内に人影らしきものがなかった。運転手がエンジンをかけたまま（たとえば草むらに用を足しに、とかで）車から離れているのであろうか？　その可能性がないわけではないが、近付いているのに排気ガスの臭いがまるでしない。近年の車は昔の車に比べて圧倒的に排気ガスの臭いがしないけれども、出てはいる。空気の綺麗な山中では少しの異臭でも気がつくものだ。

「まさか……」

不吉な予感がした。

携帯電話の画面を確認する。まだ圏外の表示のままだ、使えない。それでも、緊張で震える手で携帯電話をぎゅっと握り締め、青年はゆっくり車へ近づいて行った。

「諸麦《もろむぎ》さん、増築予定の大信田高史《おおしだたかし》さんのお宅の下見、午後からでしたよね」

林野秀保《はやしのひでやす》が衝立《ついたて》の向こうから、おずおずと話しかけてきた。

デスクトップのパソコンでＣＡＤのソフトを使いテキパキと設計図をひいていた諸麦卓《たく》は、衝立ての上にまるまる出ている林野秀保の、大きな図体《ずうたい》に似合わない、遠慮たっぷりに俯いた横顔を眺めつつ、

「その予定だが、それがどうかしたかい」

と訊いた。

「なんでも、このたび御子息の伸幸《のぶゆき》さんが結婚なさるそうですね。新居を敷地内に増築するとか。――うらやましいなあ」

秀保のうらやましい、は、うらめしい、と聞こえてきた。「ぼくは一生、誰とも結婚できそうにありません……」

と言って、諸麦卓を見る。

卓は慌てて視線を逸らすと、

「林野君、きみたち工事部の出番はかなり後のはずだろう」

ついでに話も逸らした。

「そ、それは、そう、なんですが」

秀保は衝立ての陰へ隠れるように身を屈める。本人は隠れたくとも、サラリとしたミディアムレイヤーの後頭部が、衝立ての上からしっかり覗いていた。

衝立ては、このデザインルームと隣接する簡易キッチンを遮る為にあるのだが、秀保相手ではまるきり用を成さなかった。

秀保は昨年大学を卒業したての二十三歳。若い！　と、全身で主張しているような青年だった。学生時代にずっとスポーツをしていたというだけあって、長身なだけでなくしっかりと筋肉のついたがっちりとした体格で、立っているだけで圧倒されそうな迫力がある。因《ちな》みに、特技は〝徹夜〟である。

ポットからお湯を注ぐ音がして、

「さ、先程のことなん、で、すが」

秀保が片手にコーヒーカップ、片手にスプーンを、グローブのような手で握りしめ、衝立ての向こうから現れた。うっかりするとカップは砕け散り、スプーンはぐにゃりと曲がってしまいそうな力強さだ。「も、森田《もりた》係長が、ですね、ぼくに、その、諸麦さんと、ですね、その、工事部代表が、先程、で、任命を、それで……」

しどろもどろに言う。

何を言っているのかまるきりわからないが、言わんとしていることは充分わかった。——ははーん、それでか。

ついさっき、ノックもなしに入って来るなり、

「諸麦さん、コーヒーをお淹れいたしますです！」

変な日本語で宣言したのは。

卓はエルゴノミクスチェアのハイバックにゆったりと凭れると、スプーンで派手にガチャガチャとコーヒーを掻《か》き回す秀保を見上げて、くすりと笑った。

「午後の大信田邸への下見に、工事部代表で同伴させていただくことになりましたので、よろしくお願いします」

と、挨拶するだけで済むものを、わざわざコーヒーを淹れたりして。

秀保は（やや天然気味の）絵に描いたようなシャイな青年で、（本人はひた隠しにしているのだが）密かに卓を慕っているのだった。——と、社内で知らない者はひとりもいない。

「林野君、下見といっても、今日は伸幸さんの意向を確認するだけなんだよ」

「大丈夫です！」

勢いとともに、カップがデスク脇のちいさなサイドテーブルにドンと置かれた。

「おっと！」

なにが大丈夫なのか不明だが、卓は咄嗟にパソコンのキーボードを向こうへ押し遣る。カップから勢い余って飛び出したコーヒーが飛沫《しぶき》となってキーボードへかかり、動作不良になってはたまらない。

秀保はぐぐっと拳を握り、

「今日は直接工事に関係なくとも、ゆくゆくは関係してくるのです！　何事も勉強だと、森田係長に言われております！」

と力説した。力説するときは、なぜかするすると言葉が出る。しかも、「だからきみは来なくていいよ」などと言われようものなら、首でも絞め上げられかねない勢いだ。

卓はこっそり溜め息を吐くと、

「出発は一時だ。正面玄関の前に車を回しておくから、遅れないように来ていなさい」

と伝えた。

途端に、みるみる秀保はまっ赤になって、

「かしこまりました！」

意味不明に敬礼までして、デザインルームから嬉々《きき》として飛び出して行った。

「やれやれ、困ったもんだ」

ドアが開けっ放しである。

この時間、デザインルームを使用しているのは卓だけで、室内に他の社員はいないのがせめてもの幸いだ。今のやりとりを聞かれていたら、噂好きの人々に、面白おかしく、なにを言われるかわかったものではない。

席を立ってドアを閉め、デスクに戻りがてら、卓は秀保がカムフラージュに淹れたインスタントコーヒーに手を伸ばした。

「惜しいなあ。黙っていればイケメンなのに」

カップを口に運ぼうとして、思わず噴きだす。

コーヒーが、泡だらけのカプチーノと化していた。


諸麦卓、二十八歳。高層ビルの設計施工から、小物インテリアのデザイン及び製造までやってのける総合インテリア会社『T企画』の、若く優秀なるチーフデザイナーである。

才能だけでなく、地位も財産（この場合は高給取り、の意）も美貌《びぼう》（?）もあるのに、未《いま》だに独身なのは非常に不思議な事実であった。勿論《もちろん》、身体に異常はない。

「――いい加減に結婚すれば、卓?」

窘《たしな》めるふうに言ったのは、同期で同僚の石井《いしい》洋子《ようこ》である。

小柄で愛らしい顔立ちをしているので、いつも年齢より若くみられていた。卓が実年齢より落ち着いてみえるので、ふたりが並ぶと大人と子どものような開きがある。実際、同期は同期でも、入社時卓は二十二歳、洋子は十八歳で、四つの開きがあり、だが、洋子の物怖《ものお》じしない言動は四歳差などないも同然。

「独身主義でもないくせに、三十過ぎても結婚しない男は、ゲイか不能のどっちかよ」

愛らしい顔でサラリと言う。

卓はギョッとして、慌てて周囲を見回した。

幸い、社内の喫茶室は閑散としており、洋子のセリフは卓以外に、どうやら聞こえていないようだった。

卓は食後のコーヒーをゴクリと飲んで、

「……過激な発言だね、それは」

知らず、トーンが低くなっていた。

「否定できる？」

洋子の声には変化なし。

「で、できるさ。第一、三十過ぎてもってねえ、わたしはまだ二十八だよ」

「二十八も三十も大差ないわ。どうせ、残り二年もないじゃない。既に秒読み段階でしょう、一年ちょっとじゃ」

「正確には、一年と五カ月、二十五日なんだが……」

「ほらみなさい」

何をみるのだろう。

卓は一瞬、考えてしまった。……一年半も残っているのに？

洋子は呆《あき》れたようにテーブルへ頬杖をつくと、

「それでなくても、林野君とのアヤシイ噂が囁かれているのに、本人がいつまでもそんなふうでいいと思ってるの？」

と睨みつけた。

「言葉を返すようだが、根も葉もないアヤシイ噂を面白おかしく社内に広めたのは誰だい？」

卓は、間接的に洋子を責めたつもりなのだが、

「半分は本当でしょ」

洋子はケロリとしたものだ。

「半分？」

卓の質問には答えず、

「卓は昨日のニュースを聞いてないのね」

洋子は別の話題に移る。慣れている卓は気に留めず、

「どのニュース？」

「奥多摩で自殺した男の子のニュースよ」

「それは初耳だ」

「それもの誤りじゃないの。どうせ一日中、企画書やら設計図やらとのデートにお忙しかったんでしょ」

卓の仕事好きは有名である。趣味まで仕事、ワーカホリックの化身なのだ。

洋子はレモンティーをガブリと飲み、

「この前の日曜日、M大の男の子が排気ガスをホースで車内に引き込んで、自殺したのよ」

「M大の男の子!?」

卓はギクリとした。「名前は!?」

「そこまで覚えてないわよ。それでね、その子、助手席で死んでたんですって」

「……へえ?」

「へえって、助手席よ、助手席」

「助手席だと、なにか?」

「やあねえ、車の操作はどこでするのか知ってるでしょ」

「運転席だね。――あれ、自殺なら、ひとりだよな?」

「そうよ。二人以上で死んだら、心中っていうの」

「だよな。助手席で、心中ではなく、自殺?」

「だから、ね、イミシンだと思わない?」

洋子は顔をぐいと寄せ、「わざわざ助手席で死ぬなんて」

卓はキョトンとして、洋子を見返す。

「だって、あの年頃の子って男女にかかわらず車を乗り回すの大好きじゃない。運転手が男の子なら、助手席といえば彼女の指定席でしょう? なのに、免許も自分の車も持ってる男の子が助手席で、となれば、ね？」

ね、と促されても、卓にはちっともわからない。あまり勘の鋭い方ではないのだ。

「鈍いわねえ、つまり、その子の恋人は年上の男性なのよ！」

「え……っ？」

「自分の車ならばともかく、デートならば相手の車で、相手が運転するでしょうから、自分は当然助手席でしょう？」

洋子は自信たっぷりに解説する。「これは、男同士の痴情のもつれが原因ね。その子はきっと、恋人だった年上の男性にふられて、それを恨んで、助手席なんかで死んだのよ。無言のダイイングメッセージってとこね」

「——恨んで⁉」

卓は再びギクリとした。

「どう？　私の推理って天才的でしょ？」

いつもの卓ならば、洋子の突拍子もない自説に振り回されることはないのだが、——助手席で自殺の違和感ならば、まず、疑われるのは他殺であろうし、男の子が助手席に乗る理由は他にいくらでも考えられる。恋人が年上の男性に限られるわけでなし、洋子が無理やりに自説を展開させている理由にもピンときそうなものなのだが、——それどころではなかった。

「ちょっと急用を思い出した」

急いで卓が席を立とうとすると、

「まだ話は終わってないわ！」

ピシャリと洋子が制した。「私がなぜ、わざわざこんな話を卓にしたと思うの？」

「さあ……」

「――大信田邸の下見、林野君が同伴ですってね」

「相変わらず情報が早いね」

卓が感心すると、

「たまたま、林野君が森田係長に懇願している現場を目撃しただけよ。まったく、油断ならないったら。卓、だから、傷が浅いうちに林野君とはきっぱり手を切って、一日でも早く私と結婚なさいよ」

「結婚!?」

「善は急げっていうわ。昼休み、まだ時間残ってるでしょ、区役所行きましょ」

「あ、そろそろ一時になる」

卓は傍らの伝票をさっと攫むと、「悪いね、仕事に戻らないと」

逃げるように喫茶室を後にした。

「居てくれよ、頼む、樹《いつき》……」

車内より外の方が電波状況が良い気がして（完全に気のせいだが、人間、余裕がないと、おかしな思い込みにとらわれるものである)、卓は会社の駐車場にずらりと止められている、ボディに『T企画』とネームの入った一台の社用車の前で、携帯電話の呼び出し音が切れるのをじれじれと待っていた。

M大の男の子、恋人の年上の男性。まさしく、ぴったり、樹と卓だ。洋子の独断と偏見に満ち満ちたデタラメな推理でも、聞いているうちに心配になってきてしまい。

しかも、ふってこそいないが、このところ大信田邸増築関係の仕事で忙しく、まるきり会っていなかったのだ。

「こんな事なら、もっとまめに会っておくんだった。会えなくとも、メールくらいは……」

後悔は、何度しても先に立たない。

卓はひとつの事に没頭しきってしまうタイプで、他の全部がないがしろになりがちである。恋愛も、例外ではない。

しかも、仕事大好き人間だ。

まず仕事、何より仕事、仕事が大切、仕事が楽しい。

洋子に皮肉のひとつも言われて、当然なのである。

卓が未だに結婚できないのは、モテないからでも人を好きにならないからでもなく、この性格に原因があるのだった。誰と付き合っても、早々に愛情を疑われる。「私より仕事が大事なんでしょう!?」が、お決まりのコースだ。

樹とて、卓がそういう人間だと知らないわけではない。むしろ、これまでに付き合ったどの女性よりも、深い理解を示してくれていたのだった。

「だからって、樹は放っといても大丈夫だなんて、思っていたわけじゃないんだよ」

そうなのだ。悲しい性《さが》で、仕事にかまけて純粋に忘れていただけなのである。

数度のコールの後、留守番電話に切り替わるたびに掛け直す。

なんとしても樹の無事を確認したい。声が聞きたい。話がしたい。

今日は火曜日、M大で樹が受ける講義は一時限目だけで、昼前にはアパートに帰っているはずだった。

あのM大生が樹でなければ、の話であるが。

「樹、どうしちゃったんだい、いつもは空きの時間だろ」

手首のアナログ時計の秒針が十二時五十九分〇〇秒を通過した。——残り一分。

『出発は一時だ。正面玄関の前に車を回しておくから、遅れないように来ていなさい』

秀保へ釘《くぎ》を刺した手前、卓こそ、遅刻はできない。

いつでも発車できるよう、車はアイドリング状態である。

無情にも秒針はチッチッと正確に進んでゆく。

残り三十秒を切る。

樹の住んでいるアパートの部屋は和室の六畳一間と狭い板間のキッチンだけなので、部屋のどこに携帯電話があっても電話が鳴っているのが聞こえない、ということはない。安普請なのでいっそ廊下にいても聞こえるくらいだ。——すべてが筒抜け、ほど酷《ひど》くはないが。

「樹、出てくれ、頼む！」

二十秒。

「こら、時計、止まれ！」

無茶を言う。よしんば秒針が止まったところで時は止まらない。――十秒。
九、八、な――。
「はい！　もしもし！」

ふいに呼び出し音が切れ、全力疾走で駆けつけたかのような、息せき切った男の子の声が耳に飛び込んできた。

「樹⁉」

「卓さん、すみません、携帯電話を部屋に置き忘れて出掛けてて」

卓は胸がジーンと熱くなった。――良かった、生きてた。

「(生きていれば) いいんだ。うん」

大きく頷いて、通話を切る。

そして、晴れやかな心持ちで、社用車に乗り込んだ。


「あれ？　もしもし、卓さん？　も――、切れてる」

多岐川《たきがわ》樹は携帯電話を耳から離すと、ごっそり詰まったスーパーの袋をキッチンの床へドサりと降ろした。「ふう、重かった。やっぱり原付バイクを買うべきかなあ、便利だもんな」

いつもは行かない隣町のスーパーなのだが、何周年かの記念で大安売りをすると大学で小耳に挟んだので、足を延ばしてみた。

一円でも安い店へ。自炊がメインのひとり暮らしも二年目となれば、経済観念もかなり発達してくる。ケチという表現も世にあるが、そうではなく、樹はしっかり者なのである。

「スーパーで結構時間くっちゃったな。——今から行っても間に合うかなあ」

樹は冷蔵庫へ買ってきた食品を手早くしまいながら、「それにしても、何だったんだろう、卓さんからの電話」

いくら携帯電話は個人の持ち物でも、仕事中にかけるのは業務の妨げになるので禁止。わざわざ禁じられずとも、仕事中の恋人に電話をかけるのは、樹としてもいかがなものかと思う。

それなのに、なんと卓から、かかってきた。

珍しいだけに、ちょっと気味が悪い（笑）。

「卓さんって、季節の変わり目におかしくなる癖、あったっけ」

この一年数カ月を振り返ってみる。特に思い当たる節はない。「ま、いいか。声が聞けただけでもうけものだし。……元気そうで良かった」

樹はM大の二年生。大学進学をきっかけに長野から上京し、学生向け（年代物の）安アパートでひとり暮らしをしていた。

忘れもしない高校三年生の冬、受験で上京した日、右も左もわからず東京駅でオロオロしていたところを卓に助けられたのが、ふたりの出会いだった。都内に土地勘がないだけでなく、経済的な理由で前泊ではなく当日の朝に家を出て、果たして電車のトラブルなく受験開始に間に合うだろうか、道に迷わず無事に試験会場に着けるだろうか、等々と、緊張続きでいたところ、あろうことか、東京駅の中で迷ってしまったのだ。

足早に行き交う数え切れないほどのたくさんの人々。こんなにたくさん人がいるのにひとりとして顔見知りすらいない、東京とは、なんと巨大で、自分は、ポツンと、ひとりきり。

泣きそうだった。

心細さと、パニックと。

「どこを受験するの？」

声を掛けられたとき、咄嗟に、日本語が理解できなかった。

「この時間か……。そうだ、M大ならうちの会社へ戻る途中にあるから、良かったら、社用車だけれど乗っていくかい？　出張で地方から戻ってきたところでね、会社の者が駅まで迎えに来ているんだ。電車を乗り継ぐより、早く着くよ」

どう返事をすればいいのかわからずにいた樹を、

「大丈夫、もし仮に遅刻したとしても、試験は受けられるから。――あ、そうか、わたしの身元が心配か。怪しい者ではないよ、ではこれを」

差し出された、会社の名刺。

藁《わら》にも縋《すが》る必死さで厚意に甘えた。騙《だま》されることなくちゃんと大学まで送ってもらい、試験に滑り込みで間に合って、——合格した。

試験の最中《さなか》、お守りのようにポケットに忍ばせていた名刺。合格の知らせを受けて、名刺の会社に、過日のお礼と合格報告の電話をした、それが、後にも先にも、ただ一度、樹が卓の会社にかけた電話である。

「おめでとう。袖《そで》振り合うも多生の縁というし、入学したら、お祝いにランチでも奢《おご》らせてくれないか？」

樹こそ、お礼をしたかったので誘いを受け。——気づけば、恋人同士になっていた。

「さて、おしまい」

冷蔵庫のドアをパタリと閉めて、「では、行くとしますか」

樹は改めてデイパックを手に取る。部屋のドアに鍵《かぎ》をかけていると、

「樹ぃ、またでかけるのかい？」

隣の部屋の栗田善和《くりたよしかず》が、のんびりとドアから顔を覗かせた。

「善和、起きてて大丈夫なのかい。まだ顔が赤いよ」

「平気さあ、風邪ぐらい」

ずずっと洟《はな》をすすって、のんびりと応える。善和は万事にのんびりとした男で、専攻は別だが同じM大の二年生、この安アパートで互助精神を以《もっ》て生活している仲間である。「それより、どこ行くんだい」

「ちょっとね、ヤボ用」

樹は肩を竦《すく》めて笑うと、「そうだ、代返、善和の分、バッチリだったぜ」

「誰がやってくれたんだい」

「吉沢《よしざわ》」

「助かるなあ。吉沢がピンチのときは、俺が代返しよう。——わかった、デートだろ。さっきめっちゃ何度も、電話がかかってきてた」

善和がのんびりとニヤついた。「そうだ。割引券やろうか？　たくさんあるんだ」

「もらう！」

割引券と聞いて反射的に頷く。が、「って、何の？」

「ラブホ」

あらら。

「それならまたにするよ。というか、なんでラブホの割引券が、たくさん？」

「前に、大学前でポケティ配ってたから、宣伝の。ティッシュ目当てでもらいまくった」

「なるほど」

「なあんだ、デートじゃなかったんだ」

「人には会う予定だけどね。——会えるかなあ」

「予定は未定にして決定に非《あら》ず、だものな。会えるといいね」

「ありがと。——あ、それから」

樹は鍵を開けて部屋に戻り、すぐに出て来た。「これ、安かったから、プレゼント」

「おーっ⁉」

善和は叫び、両手でそっと包むようにして頬ずりした。「た、たまごだー！　しかも、まるまる一パック！　いいのかい、こんなにたくさん」

樹は鍵をかけ直し、

「卵酒でも作って、あったかくして寝てろよ。残りはユデタマゴにしてさ」

「ん、そうする！」

ユデタマゴは善和の大好物なのである。

「じゃあ、行ってきます」

感動の嵐に打ち震えている善和に手を振って、樹はアパートを後にした。


「はあー、噂には聞いてましたけど、本当にばかでっかいお宅ですねえ……！」

秀保は車の窓に延々と流れ去る石造りの塀を目で追いながら、感嘆の声を上げた。「これでは門に辿《たど》り着く前に一日が終わっちゃいますよ。本当にここが都心なんですか。さぞかし税金がかかるでしょうねえ、払いきれるんでしょうか」

と、おかしな心配を始める。

「そういうお宅にはそれなりの収入があるんだから、きみが心配しなくてもいいんだよ」

卓は苦笑した。

　そもそもが、大信田家は古くからの資産家で、先祖代々この土地に住んでいる。この土地にというより辺り一帯にと表した方が相応《ふさわ》しい規模だ。現在の主《あるじ》である大信田高史は、彼の代で資産を倍にしたことでも知られた人物であり、晩年にようやく恵まれたひとり息子の伸幸は、妻を亡くして以降、氏の唯一の心の拠《よ》り処となっていた。

　その息子の結婚とあって、名目は増築だが、敷地内に（現在の豪邸からは、やや離れた場所に）新居を構えるのだ。それも、建坪二百というとてつもない広さの。

「ぼくなんか、1LDKの部屋代で、毎月ひーひー言ってますよ」

　秀保は自信たっぷりに言う。自虐的な内容にもかかわらず、なぜか自慢げに聞こえる。秀保のことなので、もしかしたら本当に自慢しているのかもしれない。「そういえば諸麦さん、先月引っ越しされたそうですね」

　卓はギクリとした。

「なんでも、4LDKのマンションに、ひとり住まいだとか」

　ホラ、おいでなすった。

「ひとりでそんなにたくさん部屋があっても、なかなか使いきれ……」

「お、林野君、門が見えてきたぞ！」

　タイミング良く、遥か前方に門らしきものが見えてきた。この道は緩い上りのスロープになっているので、道沿いのそれが門なのかどうか、はっきりとはわからないが、この際、何だっていい。「いやあ、到着が予定より大分遅れてしまったなあ。大信田伸幸さんが首を長くしてお待ちかねだぞ」

「ルームシェアで、食費や部屋代も折半にすれば……」

「やっぱり門だ！　林野君、今日は婚約者の川崎淳子《かわさきじゅんこ》さんもいらしてるそうだから、くれぐれも粗相のないようにね。わかったね」

「――はい」

秀保はつまらなそうに返事をした。俯いて、卓に聞こえないようボソボソ呟く。「冷たいんだからな、諸麦さんは。ちょっとはぼくの想いに気づいてくれたっていいのに……」

気づいているからこそ、はぐらかしてるんじゃないか。

卓も内心こっそり呟いた。引っ越ししたのは秀保の為ではないのだから、寄せられる思いに気づかぬふりをしている方が賢明である。

偶然の出会いを経て、ワーカホリックの自分が時間をやりくりしてでも会いたいと思うようになった樹。だが、片や大学一年生、片や八歳も年上の社会人、男同士とはいえ友だちと呼ぶには無理があり、何度も誘うにはそれ相応の理由が必要で。

不自然に会おうとすれば不審な大人と距離を置かれるかもしれない。そうなる前に告白するつもりでいた卓だが、そうこうして半年ほどが過ぎた頃、――ふとしたときに繋いだ手を、樹は握り返してくれた。

自然と恋人同士になり、やがて樹と夜を共にした翌朝、卓は決心したのである。この子を失いたくない。だから一緒に暮らそうと。

善は急げで、即刻、広めのマンションを探して契約した。

いざ仕事に没頭すると恋愛が二の次になる卓の性格からすれば、実に賢明な決心だったが、樹は樹で、アパート代を半年分前納してあるので（半年分をまとめて前納すると割安になり、そのかわり、中途解約しても返金されないという特殊な契約を選択できるアパートを選んでいた）もったいなくて出ていけません、八月までアパートに居ます、と断られてしまい、卓はすぐに新居へ引っ越したのだが、現在は、ふたりともひとり住まいを継続中なのであった。もちろん、夏からは卓のマンションで一緒に暮らす前提だ。

……ああ、会いたい。

さっきの、ほんの一瞬でも、電話で声が聞けたことが呼び水になっている。

そんなこんなで、かれこれどれくらい会っていないだろうか。一週間、いや、二週間？　あれ、もっとだ。三週間？　違う、四週間、四週間だ。四週間!?　って、一カ月じゃないか！

そういえば、引っ越しの前後に大信田邸の仕事が入ったのだ。急ぎの大口案件。そこから仕事にかかりきりになり、引っ越しの片付けもそこそこに、樹のことも、――忘れてしまった。

いつもはこれでふられるのだ。

だが、久しぶりに耳にした樹の声は、変わらずの、卓へ、恋人への声だった。

ああ会いたい。いや、今夜は絶対に会わねば。会いに行こう。一カ月もほったらかしたくせに、身勝手のそしりを受けようとも、今夜はどうしても樹に会いたい。仕事に押されて片隅へぎゅっと追いやられていた恋心が目を覚ます。目覚めたならば急加速、樹への思いが募りに募って、あろうことか、門の前に樹が立っているような幻覚まで見えてきて……。

「諸麦さん？　門、通り過ぎちゃいましたよ」

いいんですか、と、秀保が訊いた。

卓はハッとして力いっぱいブレーキを踏む。

急停車でロックされたシートベルトが前傾する胸に食い込み、「ごほほっ！」と、秀保が噎《む》せた。

「すまん、林野君」

咄嗟に謝るも上の空、卓は茫然《ぼうぜん》としながら秀保の向こう、助手席のサイドミラーに映る人影を見詰めていた。


「ああ、あの子達は父が集めたアルバイト候補なんですよ」

陽光溢れるガラス張りの広い玄関の長椅子に、神妙な面持ちで行儀よく並んで座っている数人の若者を、大信田伸幸はそう説明した。「尤も、実際に行動してくれたのは淳子で、父はアルバイト募集の文句を書いたチラシを淳子に渡しただけですけどね」

苦労知らずのお坊ちゃんという印象は免れないが、恵まれすぎた環境に育ちながら変にわがままでなく、良識的な青年だ。卓と会うのはこれで五度目だが、年齢も伸幸が二十六でふたつ違いと近いせいか、きさくに話しかけてくる。

「淳子さんは広告関係の仕事をなさってるんですか。てっきり学生さんとばかり――」

「ええ、大学生ですよ。淳子の大学の告知板というんですか、掲示板かな？　学生課の廊下や中庭や校門の傍らに、よくボードがありますよね。そこに、大学の許可を得て、アルバイト募集のチラシを貼ってもらったんです」

卓と秀保は伸幸の案内で、大理石の長い廊下を川崎淳子の待つ奥の部屋へと歩いていた。秀保は、この古い洋館の大きさ豪華さや門からの距離、林のような庭などに、びっくりし過ぎのびっくり続きで、びっくりするのにいささか飽きたようである。至って静かだ。

「アルバイト、といいますと？」

卓が尋ねた。

若者達の中に樹の姿があったのだ。門で見かけた樹は幻覚ではなく、ちゃんと肉体を持つ人間で、会いたいと強く望んだ途端に魔法のように目の前に現れたのならばたいそうロマンティックな展開だが、――無視された。

樹と目が合ったのに、まるで赤の他人のように、樹は卓を視界から外した。

ついさっき、久しぶりに耳にした樹の声は、間違いなく恋人の卓へ向けられたものだったのに、もしかして、――実は愛想を尽かされていたのか？　これまでふられたケース同様、またしても自分は二の舞いを演じてしまったのか？

それは嫌だ、樹。

もしくは、非常に信じ難いが、あの子は、幻覚ならぬ、他人のそら似なのだろうか。……もしくは、卓に言えないような後ろ暗いバイトを？

「父の書斎がパンク寸前なので、本の整理やら何やらを手伝ってくれるアルバイトを募集したんですよ。自分はキーボードに触ったことすらないのに最新のパソコンまで発注して、かなり張り切っていましてね。貼ってもらったのは、父が手書きで作った文字だけの素っ気ないチラシだったんですけど、三日で十万円という破格のバイト代に惹かれてか、面接にぞくぞくと集まりましてね。最後尾に並んでいるあの子が五十八人目かな」

そう言って、伸幸は樹らしき青年を指した。――ふむ。健全なバイトだ。

やっぱりあの子は、そっくりな別人なのだろうか。

「五十八人とはすごい。いったい何人雇うんです？」

「一名ですけどね、これがなかなか決まらない。書斎に通されると、皆、そそくさと帰ってしまうんですよ。御覧になりますか」

「本の山、とか」

「いいえ、正確には本の壁、です。ひとりで寝ずにやっても三日でこなせるとは到底考えられないような、とんでもない量なんです」

伸幸は何故かくすくす笑いを噛み殺しながら言った。すると、

「それ、ぼくがやりましょうか！」

秀保が目を輝かせて申し出た。明らかに三日で十万に釣られたクチだ。本の移動は体力を酷使するので（なにせ本は重いのだ）、見るからに力もありそうで、その上徹夜が得意なのだか

ら、存外適役かもしれない。

「林野さん、でしたね」

「はい！」

伸幸は秀保の全身を頭からつま先までざっと眺めてから、

「本はジャンルごとに棚に並べ、三日の内にリスト作成までするんです。アルバイトとはいえお金をお支払いする以上、間違いは許されませんので、完璧《かんぺき》に」

「大丈夫です！」

秀保はどんと請け合う。「任せてください！　ばりばり働きますから！　作業は平日にということでしたら、自分、会社だって休んじゃいます！」

三日で十万もらえるのなら、会社を欠勤してもよほど実入りが良い。T企画は副業を禁止していないので社内規程としても問題はないし、現在の法律ではアルバイト所得（収入から必要経費を差し引いた金額）が年間トータル二十万円以下ならば、税金はかからない。——前のめりになるわけだ。

「パソコンは使えますか？」

「はあ、なんとか」

「結構。それでは林野さんに質問します。『東方見聞録』という本は、どのジャンルに属しますか？　著者は？」

「え？　と、とーほー……？」

卓は秀保の肩をポンと叩いて、

「著者はさておき『東方見聞録』のジャンルがわからないとなると、林野君、残念だが、志願しない方が無難なようだね」

「も、もしかして、とても有名な本ですか？」

「そうだね、中学の歴史の授業で習うしね」

「中学の……」

秀保はがっくり項垂《うなだ》れた。

「気を落とさないでください。林野さんには、ぼくと淳子の新居の建設に尽力していただかなくてはなりませんからね、本の整理など、どうでもいいですよ」

きさくな伸幸に屈託なく励まされ、

「それもそうですねえ」

秀保もすぐにその気になる。——憎めない男なのだ。

「しかし、父もたいがい無茶なんですよ。自分が張り切っているのはともかくとして、三日で十万払うが三日で片付かない場合はアルバイト料なし！　なんて付け足すから。本の壁に自信を失いかけてるところへ追い討ちをかけるような真似をして、まったく、しようがない」

「本当にしようがないですね！」

秀保が力強く相槌を打った。——クライアントに同意するのは、接客として間違っているわけではないのだが。

と、場が、しん、とする。

「――あれ？」

見ると、卓が秀保を素早く睨み、伸幸は苦笑していた。

「あのう、ぼく、何か、やらかしましたか？」

憎めないだけに、まあまあ迷惑なものである。


今日で何度目かになる打ち合わせ、前回聞き取った要望を元に引き直した図面を前に、安全面に於《お》ける限界の説明と訂正、それらを踏まえ、更なる細かな要望や新たな要望を聞き取り、内容をブラッシュアップしてゆく。

既にかなりの回数を重ねているので、気心が知れ、新参の秀保が居合わせていても、順調に短時間で終了した。すると、

「せっかく林野さんもいらしてくださったんですから、建設予定地に行ってみませんか」

川崎淳子が提案した。

大学四年生、二十二歳の若さだが、楚々《そそ》とした落ち着きのある美人である。

「はい！　是非行ってみたいです！」

張り切って椅子から立ち上がったのは、言わずもがな、秀保だ。

ふたりのあとをついて卓と伸幸も部屋を出る。すると、玄関で初老の紳士が小柄な青年と談

笑しているを見かけた。ここからだと逆光で、シルエットのみだ。

「やあ、おとうさん、やっと決まりましたか」

仲幸がほっとしたように声をかけた。「おや、この子は五十八番目の……」

「どうだ仲幸、好青年だろう。なんと、わしの条件をふたつ返事で快諾してくれたのだ。早速明日から作業に取りかかることになった。な！」

大信田高史は豪快な笑い声をたてると、青年の背中をバンと叩いた。この短時間ですっかりお気に入りの様子だ。「みかけは少々頼りないが気骨はあるぞ。おお、淳子さん来とったか。おかげで良い助手がみつかったよ、ありがとう」

卓は、つい、青年をまじまじと見てしまった。——どう見ても樹に見える。このジャケットにも見覚えがある。しかし。

「お礼なんて。私、お預かりした紙を大学に貼らせてもらっただけですわ」

はにかんで微笑む淳子を見た、青年の目。

「多岐川君、淳子さんは同じM大の四年生なのだ。知ってるかね？」

と問いかけるが、そのニュアンスは断定的であった。

「申し訳ありません。こんなに綺麗な方なら一度見かければ覚えていますから、大学でお会いしたことはないと思います」

明るく応える声と裏腹な、目。「それにぼくは二年生ですし、上級生とも交流がなくて。存じ上げなくて、本当にすみません」

そつなく返す青年へ、

「なんだ、そうか」

だが、大信田高史はあからさまにがっかりしていた。——淳子は、自慢の息子の婚約者なのだろう。

「無理もありませんわ。M大のキャンパスはとっても広いんですもの。私もこちらの、たきがわさん？　を存じませんわ」

淳子がにこやかにフォローする。それを見ている青年の、目。

「父さんは強引だからなあ。そんなんじゃ、あっと言う間に多岐川君に愛想を尽かされてしまいますよ。——初めまして、多岐川……？」

手を差し出して握手を求めた伸幸へ、

「多岐川樹です。よろしくお願いします」

樹は握手を返した。——口元は笑っているのに、笑っているのは口元だけだ。

樹……？

「そうだ、多岐川君にも紹介しておこう」

大信田高史は樹を卓と秀保の前に連れてきた。「この方々が先刻話した会社の人だよ。将来有望な青年たちだ。一番、将来が危ぶまれるのがうちの伸幸でな」

「おとうさん！」

伸幸は傍らの淳子を気にしながら、「その冗談、笑えません」

父親をたしなめる。

淳子はといえば、慣れた様子でにこにこと、彼らのやりとりを見守っていた。

「去年までは、なにをするにもふらふらと中途半端で、とても一人前とは呼べなかったが、今年になって性根を入れ替えたのか、どうにか形になってきたなと思ったら、いったいどこでみつけてきたのか、淳子さんという素晴らしいお嬢さんを連れてきたのだよ」

目尻《めじり》がぐぐっと下がる。

口ではどうあれ、大信田高史はひとり息子の仲幸を溺愛しているだけでなく、たいそう期待しているのだろう。

「多岐川君、こちらの二枚目が諸麦卓君だ」

大信田高史に促され、樹は卓へ手を差し出し、

「初めまして」

と挨拶した。

その手をきつく握って、

「初めまして」

卓もそう言うより、他になかった。

——どうにも変だ。

四人で建設予定地へ向かう道々、卓は漠然とした不安にとらわれていた。昼に知った、自殺したM大生が樹ではないかという馬鹿馬鹿しい（今となっては、だが）不安なぞ比ではない。樹が卓と初対面のふりをしたことも気になるが、もっと引っかかっているのは、樹が大信田家の人々を見ていた目だ。

冷たい眼差しだった。そして、強い。

仕事第一の卓に、不平も不満も洩《も》らさずついてきてくれる樹である。芯《しん》に強いものがあることぐらい百も承知だが、それにしても——。

「すまない、忘れ物をしたようだ。すぐに追いつくので、先に行っててください」

三人に告げて、走り出す。

走り難《にく》さをものともせずに、スーツと革靴で土の小径《こみち》を全力疾走する。

樹は気持ちの優しい子なのである。それが自然と表情に滲《にじ》み出る、それが自然と眼差しに表れる、そういう子なのだ。

何か深い事情があるに違いないのだ。

もう帰ってしまっただろうか。

まだ居るだろうか。

いや、どうしても居て欲しい。

「——あ」

ぴたりと卓の足が止まった。

帰り支度の、デイパックを背負った樹が、玄関の前に立っていた。まるで卓が戻ってくるのを察していたかのように、まっすぐ卓の方を向いて。

「びっくりしました」

樹が言う。「こんな所で卓さんに会えるなんて、思いもしませんでしたから」

「樹……」

「今夜、電話してもいいですか？」

「いや……」

「――駄目ですか？」

「いや、そうじゃなくて」

どう尋ねればいいのだろう。どう尋ねたら、樹から話を引き出すことができるのだろう。どう尋ねたら、この胸のざわつきが、卓の不安が、消えるのだろう。

「ぼく、アルバイトするの、初めてなんですよ」

ふいに樹が破顔した。

――え？

「それで、柄にもなく緊張しちゃって。目なんかひきつっちゃって、笑ってるのに笑ってないみたいだったでしょう？」

「緊、張？」

「おまけに卓さんが突然現れてびっくりさせるから、もう、内心パニック寸前」

「緊張、してたのかい?」

「リラックスしてるようにみえましたか?」

樹は不服そうに訊き返した。

「なんだ。——なんだ、そう」

ああ、考え過ぎだったのか。「そうか、なんだ、緊張していただけなのか」

「だけって、卓さん、ぼくにすれば重大事ですよ。ご存じのように、高倍率の、超絶狭き門のアルバイトなんですよ?　ふいになったらどうしてくれるんですか」

「ごめん、そうだね、三日で十万は大きいね」

「そうですよ」

「いや、だが、それならそうと、わたしから大信田さんに樹を紹介すれば、もっと話は簡単だろう?」

「ぼくはコネとかそういうの、嫌いなんです」

「なるほど、それでわたしを無視したのか」

どんどんと辻褄《つじつま》が合ってくる。それにつれて、不安が嘘のように掻《か》き消えていった。

「卓さんおせっかいだから、頼まなくても紹介しちゃうでしょ?　とっさのぼくの機転です」

「こいつめ!」

たまらずに、卓はぎゅうっと樹を抱きしめた。抱きしめて、「会いたかった……」

髪にキス。

「卓さんが言うと、真実味に欠けますね」

腕の中で樹がからかう。

「相変わらず痛い所を的確に衝《つ》くね、きみは。かわいくないよ」

「そうですか？」

「そうさ、わたしはふかーく傷ついてしまったぞ」

卓は樹を離すと、スーツの内ポケットから薄手の札入れを取り出し、その中から、「罰だ、これ」

「――これ？」

「見てのとおり、マンションの鍵だよ」

鍵のキーホルダーなどをつける穴の部分に、細いリボンがちいさく結ばれている。卓なりのラッピングである。「樹に会えたらいつでも渡せるように、ずっと持っていたんだ。今夜、いらっしゃい。定時の五時には、絶対に、退社するから」

樹はふわりと笑うと、

「やっと招待してくれましたね」

鍵を両手で受け取って、大切に手のひらに包んだ。

良かった。ようやく、渡せた。

「そうだ、マンションへの行き方だが――」

「知ってます」

樹は卓を見つめて、「住所はメールで教えてもらっていましたし、この前、大学帰りに、こっそり外観を見に行きましたから」

悪戯《いたずら》っぽく微笑んだ。

「卓さ……ん……」

しどけない囁きが薄暗い闇に溶けてゆく。

寝室にふたりの弾む息が甘くたゆたい、ベッドサイドの小洒落《こじゃれ》たフリップタイプのデジタル時計は、ゆっくりと七時になりつつあった。

「樹……ホント、に、会いたかった……んだ」

卓はしっかりと樹を抱きしめて、何度も何度もくちびるを合わせながら、熱く体を押し進めていった。

カッタン、と音がして、フリップの表示がパタンと七時へ変わる。

汗で薄く膜が張ったような卓の背中に、ともすれば滑り落ちそうな両腕を縋るように絡みつけて、

「卓、——あ……っ！」

樹は切なく眉を寄せた。

と、突然、けたたましい音が薄闇を貫いた。

「な、なんだなんだ⁉　サイレン⁉　地震か火事かカミナリか⁉」

卓は大慌てで樹を離し、ぴょんとベッドから跳び降りると、「樹、逃げよう！」

ベッドに茫然と仰向《あおむ》けになっている樹の手首を盛んに引いて、すっ裸のまま寝室から飛び出そうとする。

「卓さん、卓さん！　落ち着いてください！」

樹はその手を逆に引き戻し、「目覚ましが鳴ってるんです、これ、目覚ましの音です」

卓は照れ臭そうに、

「こいつめ！」

最大のボリュームでビーッ‼　と鳴り続けている目覚まし時計のスイッチを、ぴちんと叩いてオフにした。

すっと静寂が甦《よみがえ》る。

「――ごめん」

卓は謝り、ベッドの縁に腰掛けた。

「いいえ」

樹はしょんぼりしてしまった卓を見ないようにして、時計へと目を遣った。「あ、卓さん、これ半日ずれてますよ。今、午後の七時だからPMでしょう？　これ、AMになってます」

「はあぁぁぁ、どうりで、目覚ましを合わせていても、朝、鳴らないわけだ」

卓も樹を見られなかった。――申し訳ない。

「引っ越しのゴタゴタに紛れて、半日ずれちゃったんですね」

「しかし、だからって、よりによって、こんな時に……」

「卓さん、ずっと帰りが遅いんでしょう?」

「早くて十時頃、かな」

「鳴っている時は主人が留守。きっと拗《す》ねてたんですよ、この時計。だからほんの少し、意地悪したくなったんじゃないですか」

きまずさを紛らわせたくておどけたように言い、樹は時計を手に取った。脇のでっぱりをぐるぐる回すと、時計の表示が忙《せわ》しなくパタパタと移る。「はい、これで大丈夫。直しておきましたから、明日の朝からは、——え?」

っと、抱きしめられる。

「卓さん?」

まだしっとりと湿った肌が温かくて、樹は卓の肩に額を凭せると、目を閉じた。

「今夜は泊まっていけるんだろう?」

卓は小さな声で尋ねる。息が耳にかかって、くすぐったい。

「卓さん、今日はちょっぴり、変ですよ」

昼間に突然かかってきた電話といい、仕事中なのに、樹に会いに戻ってきてくれたことといい、らしくなくて、少し戸惑う。

でも、嬉しい。

渡された合鍵で初めて訪れた部屋には、引っ越しから一ヵ月過ぎているのにまだ段ボールがそこここにあり、けれど一室、なにもないまっさらな部屋が用意されていた。

樹の部屋だ。

「お詫《わ》びに夕食をごちそうしたい。この前おいしいレストランをみつけたんだ、なんでも樹の好きなものをごちそうするよ」

「いいんですか？　ぼくを甘やかすと、高くつきますよ」

「愛している」

「——ぼくも、です」

ふたりはゆっくりと口づけた。


「うん、うまい！」

卓は舌鼓を打って、目玉焼きを頬張った。

「光栄です」

料理長は慎《つつ》ましく会釈して、自分も目玉焼きを口にした。

このおいしいレストランは店は狭いが、料理の味はどこにもひけをとらなかった。それがたとえ、何の変哲もないただの目玉焼きであっても。おまけに、ここの料理長が実に卓好みなのである。外見も、料理の味付けも。

「ごはんをおかわりしてもいいかな」

「大盛りは百円増しになります」

料理長は澄まして言うと、卓の茶碗にごはんを超山盛りにつけて、くすりと笑った。

小ぶりの丸いちゃぶ台には、味噌《みそ》汁の旨そうな匂いもしている。——狭い部屋では薄く折り畳めて片付けられるレトロなちゃぶ台は、一周回って便利アイテムである。

もうおわかりのように、ふたりは樹のアパートに来ていた。

「すみません、スーパーの大安売りに参戦したので、ここぞとばかりに買い込んでしまって。早く食べてしまわないと傷んでもったいないですし」

の樹の一言で、レストラン行きは急遽《きゅうきょ》変更されたのだ。

「うーん、満腹だ。きみ、料金は好きに取りたまえ」

卓は背広を脱いで樹に渡すと、柔らかい畳へゴロンと大の字になった。——自分のマンションでは味わえない、食後に畳に寝転ぶ解放感。最高だ。

「卓さん、ムボウですよ、これは」

内ポケットの札入れの膨らみ、昼間とは様相が異なる。樹は、だが、背広をハンガーに掛けて、そのままカーテンレールへ吊《つ》るしてしまう。

「もしくは、そこから十万抜いて、明日から三日間、わたしのアルバイトをしないか？」

卓は、ちゃぶ台の茶碗や皿をせっせと流しに運ぶ樹に提案した。「デザインルームのわたしのデスクの隣で、わたしを見守る《サポート》というアルバイトなんだが」

「そういう無益なバイトはしないんです」

樹はサラリと応えて、キッチンシンクの蛇口をひねった。——そうか、アルバイトの提案をするためだけに、会社帰りにATMで下ろしてきたのか。

卓さんてば。

「無益、ねえ」

なかなか辛辣《しんらつ》なセリフである。「わたしと居るのは無益かい？」

「何ですか？　水の音でよく聞きとれないんですけど」

「別に！」

もう一度口にするのは遠慮したい質問だ。

夕飯の片付けを手伝おうかと畳から起き上がりかけた卓は、部屋の隅にちょこんと置かれた双眼鏡に気がついた。コンサートなどに持参する手のひらサイズのオペラグラスではなくて、黒くてがっちりめの双眼鏡だ。

珍しい。

樹のライフスタイルで双眼鏡を使う場面がまったく思いつかないし、この前、部屋に来た時にはなかったな。

「——ったのかい？」

「はい？」

手早く洗い流しを終えた樹は、勢い良く流れる水道の蛇口を閉めて、「今、何かおっしゃいましたか？」

濡れた手をタオルで拭く。

「あの双眼鏡、買ったのかいって訊いたんだよ」

「ああ」

樹は軽く頷くと、ぱくっと冷蔵庫のドアを開け、庫内を物色する。「善和が、二、三日預かってくれって置いてったんです」

「善和って、隣の部屋の栗田くん？　同じM大の」

「そうです」

「へえ……」

頷きつつ、「気のせいかな、縁が歪《ゆが》んでるように見えるんだけど」

「気のせいでなく、歪んでます。あと、レンズも一枚割れちゃってて。お金を貯めてようやく買えたばかりなのにどこかで落としたとかで、本人の両肩もがっくり落ちちゃって。現実を受け入れられないというか、部屋に置いてあると目に入って辛いんでしょうね。――卓さん、食後のデザート、食べますか？」

樹は冷蔵庫からミカンを取り出した。

「ありがとう、いただくよ。――あれ、修理すればまだ使えそうなのにな」

「それは、まあ、そうなんですけど」

樹は曖昧に笑って、「善和も、苦学生ですから」

一口に上京組といっても、様々な環境の学生がいる。樹と善和のふたりは、親の仕送りがさほど当てにできない上京組だ。

樹はミカンを手に、卓の斜向《はす》かいにちょこんと正座した。

卓は座ったまま畳をにじり寄り、

「樹」

顔を寄せて、目を覗き込む。

「――はい？」

「アルバイトの十万円で、あれを直してやろうと思ってるだろう」

樹は黙って卓を見つめた。

「図星かな？」

「……足りるかどうかはわかりませんけど」

「きみはとてもステキだね！」

たまらずに、卓は力一杯、樹を抱きしめた。「足りるどころか、お釣りでもうひとつ買えてしまえるかもだよ！」

「た、卓さん⁉」

樹が驚く。「どうするんですか、ワイシャツ！」

「え？」

見下ろすと、卓と樹の間でミカンが無惨に潰されて、相方の服に大きな黄色い染みを作っていた。


「――怒った？」

と卓が訊いた。

「いいえ」

樹が応えると、

「では、呆れたかな」

卓が訊き返す。

「いいえ」

「愛想が尽きた」

「いいえ」

「気分を害した」

「いいえ」

「じゃあ、嫌いになっただろう」

「どうしてそうなるんです？」

樹は可笑《おか》しそうにくっくと喉を鳴らす。「それより、重たいですから、少し離れていてください」

卓のワイシャツと自分のトレーナーをキッチンの流しでザブザブ洗っている樹の背中から、首のあたりに腕を回して、卓はべったりくっついていた。甘えん坊全開だ。

「やっぱりわたしは嫌われたんだな」

「惚れ直しました」

「それは信じられない」

卓はきっぱり否定した。「慰めてくれるのは嬉しいが、我ながら、情けない」

悩めるハムレットの如く大袈裟《おおげさ》に眉を寄せる。樹には見えないが、次いで、耳元で深く溜め息を吐かれた。が、悩める姿はどうにもこのスタイルでは恰好がつかない。カラフルなアニメキャラクターが大きくプリントされたまっ赤なトレーナーを着ていては。

急いで洗いますから、と樹にワイシャツを奪われたので、卓は樹のトレーナーを借りて着ていた。アニメキャラのコラボトレーナー（フリーサイズだったので、樹の持っている服の中で卓でも着られるのが唯一これだった）、これまでの卓の人生で一度も関わったことのないアイテムだが、これが存外似合っていた。とってもらぶりー。

「一応、水洗いしておきますけれど、果汁は取れにくいので、すぐにクリーニングへ出した方がいいですよ」

「樹、ちゃんと聞きなさい」

「聞いてます」

「わたしのどこに惚れ直したって？」

「短絡的なところですね」

「こら！」

「いたっ。小突かないでください」

「わかっているのかな、わたしはこのまんま樹の首を絞めることだってできるんだぞ」

卓が物騒な方向へふざける。

「どうぞ。そのかわり、卓さんもちゃんと後追い自殺してくださいね」

動じない樹は、あっさりと流す。

「――本気かい？」

「ぼくはいつでも本気です」

「……そうだよね……」

本気というより、ひたむき、だ。

卓の、樹への印象は、畑から採れたてのみずみずしい野菜、もしくはもぎたての果実。それも、丹誠込めて作られた、新鮮な。――田舎臭いというのではない。念の為。

潔くて、すっきりとして、飽きることがない。むしろ、惹かれてならない。

卓は、首はさすがにまずいので、鎖骨のあたりを抱きしめた。樹も今はじっとして、洗う手を止めている。

「早く夏にならないかな」

「ほんの数カ月です、あっという間ですよ」

やや物騒な会話をしたからか、

「そういえば、一昨日、奥多摩でM大の男子学生が自殺したんだってね」

例のニュースを思い出した。――あれ。なんだかM大続きだな。

「……らしいですね」

樹は再び、服を洗う手を動かし始める。

「樹、大学で噂になるものかい、そういうのって」

自殺した男の子、川崎淳子、隣室の栗田善和と、妙に縁がある。――ただの偶然なのか？

「人の噂も七十五日どころか最近は一週間と保《も》ちませんけれど、多少は」

「樹の知ってる学生かい？」

ただの偶然でわたしたちは大信田邸で会ったのか？　たまたま、樹はあそこにいたのか？

「いいえ」

樹の胸に絡めた卓の腕に、薄い一枚の布を隔てて樹の鼓動がストレートに伝わっていた。

「知らない子？」

「知りません」

鼓動が、速い。

「この体勢でこの話をしたのはまずかったね」

樹はキュッと蛇口を閉めると、素早く卓の腕から逃れ、

「ぼくもそう思います」

あの目で卓に振り返った。

「誰にも知られたくなかったんです」

樹は壁へ寄り掛かり、座って膝を抱いた。「偶然って恐ろしいものですね。大信田さんのお宅でばったり卓さんに会ってしまったとき、なんとなく、こうなるような予感がしてました」

「あれにはわたしもびっくりしたよ。驚きのあまり、門を一度通り過ぎてしまったくらいだ」

卓は樹の正面、押入れの襖《ふすま》の前へ胡座《あぐら》をかく。「つまり、あのとき玄関で、わたしはうまく樹にまるめこまれたわけだ」

「ぼくだけのことにしておきたかったんです、どうしても」

「何をだい？」

「――すべては偶然の産物なんです。念願の双眼鏡を手に入れた善和が意気揚々とバードウォッチングをしに奥多摩に行ったことも、夢中になりすぎて日没を迎えてしまい、想定外だったために夜の装備もなく森の中で道に迷い、結果、山中で車を発見したことも、良二《りょうじ》が自殺の場所にあそこを選んだことも、沉《ま》してや、あの募集広告」

「りょうじ？」

「佐藤《さとう》良二。自殺した、……善和の親友だったんです」

「――え……？」

「あんまりできすぎてて、なんだか、フィクションみたいだ」

樹は皮肉そうにふっと口元を歪めた。

「親友って、ただの？」

「は？」

「あ、いや、別に……」

「おかしなことを訊くんですね、卓さん」

訝《いぶか》しげに卓を見る樹に、卓はざっと洋子の推理を披露した。卓が変に勘ぐっているわけでは断じてないのだ。

「ユニークな推理だと思いますけど、ただの、ですよ」

「なるほど、わかったぞ、その子の恋人が川崎淳子さんだったんだ。自殺の原因は、淳子さんの結婚か」

となると洋子の推理は大外れだ。付き合っていたのが女性だとして、年上となれば必ずしも指定席が助手席とは限るまい。失恋という自殺の動機については、さすが、鋭い読みというべきか。「や、ということは、彼女、二股《ふたまた》かけていたってことかい？　――そんなお嬢さんには見えなかったがな」

淳子は、大信田高史に対し、初対面の樹を朗らかにフォローしてくれた。卓にはそれが、好印象に映っていた。

「人はみかけによらない、とも言いますから」

樹は冷静に返す。

「それとバイトと、どう繋がるのかな」

「これは、ぼくなりの弔い合戦なんです」

樹はきつく、卓を見る。邪魔する者は容赦しない、強さと迫力を滲ませた目。

卓の背筋にゾクリと悪寒が走った。――ああ〝本気〟なのか、樹。

「今朝、川崎さんが広告を掲示板に貼っているのを見かけて、すぐにアルバイトしようと思いたちました」

「ならば、彼女を知らないと大信田さんに言ったのは、嘘だったんだ」

「M大で川崎さんを知らない人はもぐりです。なにせ〝マドンナ〟ですから」

彼女がいると、そこだけ光が射すかのように明るくなる。多くの男子学生の憧れの的、良二も例外ではなかったのだ。「あの十万円を、良二の香典代としていただくつもりです」

「樹の気持ちはわからないではないが、そんなふうに得たお金を、果たして彼のご両親は喜ぶだろうか」

「卓さん、さっき言ったでしょう、そのお金であれを直すんです」

樹は双眼鏡を指した。「誰にも知られたくなかったのは、誰かしらの口からバイトの件が、ショックで寝込んでいる善和の耳に入るのを防ぎたかったからです。体調を崩したせいで、風邪までひいてしまったんですよ。……善和は、人を恨んだり、責めたり、できないヤツなんです。もしぼくが大信田さんのバイトをすると知ったら、絶対にやめさせたがるでしょう。あの人たちには関わるなって。復讐《ふくしゅう》みたいな、そんな馬鹿な真似はするなって」

「――関わるな？」

「だって、善和は良二に、結婚を前提につきあってる男がいるくせに二股をかけるような、そんなずるい女とつきあうなって、ずっと反対してたんですよ。彼女に相応しくいたいと背伸びして、無理して車まで買って。もちろん年式のかなり古い中古車でしたけど、これで彼女の送り迎えができるって。そんな良二に善和は、何度も何度も、恋心に付け込まれていいように遊ばれてるだけなんだから本気にするなと忠告して。でも良二はまったく聞き入れなかった。あの人を悪く言うな、お前らはなんにもわかっちゃいない！　それが、ぼくたちにとっての良二の最期のセリフでした。その結果が、……ああです」

　樹はふうっと、息を吐いた。「警察から戻ってきた善和が、あいつの自業自得かもしれないなって呟いたんです。憔悴《しょうすい》しきったように。自殺という行為を、本人の弱さと取るか、そこまで追い詰めた他人やそれを含めた環境のせいと取るか、正直、ぼくにはわかりませんけれど、善和がどう考えていようとも、現実に、良二は死んで、命を失った。むこうは幸福そうな顔をして、この世にいます。何の傷も受けずに」

　アルバイトの募集要項に従って大信田邸を訪ねたところ、予想していた以上の競争率の高さに諦め半分だったのだが、奇跡のように受かった。

　なにかの導きかと、感じた。

「だから、せめて香典代をと？」

「だって！」

樹は膝に組んだ指へぐっと力を込めた。「だって、善和は双眼鏡を犠牲にしたんだ。ドアがどこもロックされてて開かなくて、だからあれで窓を割ったんだ。もし登山やキャンプをするならピッケルやハンマーを持っていたかもしれないけれど、善和はバードウォッチングに出掛けてたんだ。──卓さん、車のフロントガラス、割ったことありますか？」

「いや、まだ、ない」

「ぼくもないです。もし、車のガラスが簡単に割れてしまったら、おちおち、運転してられないですものね。かなりの衝撃に耐えられる、ガラスなんですよね……」

卓は改めて双眼鏡を見る。

歪んだフレーム、割れたレンズ。──そうだったのか。

「もしかして、あの双眼鏡、預かってくれと頼まれたんじゃなくて、樹が、栗田くんから引き剝《は》がしたのか？」

しばらくは目の届かないところへと。

樹はハッとしたように卓を見て、ぐにゃりと顔を歪ませた。

「自分の目の前で親友が死んでゆくのを黙って見ていられるなら、人間じゃありませんよね。たとえ死んでしまっているとわかっても、じっとしていられませんよね。一目で、もう死んでいるとわかっても、何かしたいと、思います、よね……」

──樹。

「樹、そっちに行ってもいいかい？」

樹は激しく頭を振った。

「こっちに来ないでください。卓さんが来ると……」

口元がわなわなと震えている。「ぼく、泣き虫じゃないんですけど、泣いたら話ができません、から」

「わたしとしては、しがみついてこの胸で泣いてほしいな」

「そういうこと、こんなときに言わないでください」

「泣きやむまで、待っててあげるよ」

「言わないでくださいってば」

「恋人が泣いてるのを黙ってみていられるなんて、人間じゃあない」

「もう！　やだ！」

樹は両手で顔を覆って、俯いてしまう。

卓は樹に這《は》い寄ると、力ずくで両手をはがしてしまった。

涙でいっぱいの、樹の顔。

「わたしは、樹のお人好《よ》しのところが大好きだよ」

頬にキス。そして、キス――随分と塩辛いキスだ。

「誰にも口外しないから安心しなさい。ただ、もう二度と隠し事は嫌だ。樹は嘘まで本気でつくんだから」

「ごめんな、さい……」

「おいてきぼりを喰《くら》ったみたいで、淋《さび》しかった」

「──卓さん！」

樹は卓に、力一杯しがみついていった。


眩《まぶ》しい光がサッと差し込んできた。

反射的に顔を逸らして、そして卓は気がついた。──朝だ。

「そろそろ起きてください。会社に遅刻しますよ」

開けたカーテンを紐《ひも》で括《くく》って、樹は背広と並べてハンガーに掛けておいたワイシャツを外した。「良かった、染みも残ってないし、すっかり乾いてます。アイロンかけましょうか」

「いや、いい……。何時になるのかな」

「七時を回りましたよ」

まだ半分眠っている頭に、樹の少し低めの声が快く響く。いい声だ、こんな声で毎朝起こされたら、ユーウツな朝も快適な朝へと一変するに違いない。

「七時か……」

卓は寝惚け眼でのんびりと布団から起き出して、「──あれ？」

赤いトレーナーはさておき、下が、パジャマのズボンをはいている。

いつの間に着替えたのだろう？　記憶がない。

「あ、失礼だと思ったんですけど、スーツのズボンのまま窮屈そうに眠ってらしたから……」

樹はワイシャツを卓に渡して、「勝手なことしてすみません」

「では、ひょっとして、わたしはあのまま眠ってしまったのか⁉」

卓は不覚！　とばかりに目を瞑《つぶ》った。大人の愛で樹を大きく包み込む、まではカッコ良かったのに、なんということだ！

あのあと良い雰囲気になって、畳の上で、――寝落ちしたのか！

卓は基本がショートスリーパー気味なせいか、日々の睡眠不足の自覚はない。もしくは、無自覚に疲労が溜まっていたのか？　それとも、

「むむむ。……年かなあ」

卓のぼやきは聞こえているはずなのだが、

「朝食の支度はできてますから、早く着替えてくださいね」

樹は一向に気にしていないようだった。いつもどおりのすがすがしい笑顔で、朝からくるくるとよく働く。樹は昨日とは別の外出着に既に着替えていて、キッチンからは食欲をそそる、良い匂い。

「早起きだね、樹は」

台所に立つ樹に、卓は感心した。卓の会社は九時が始業で、今のマンションから近いので、八時に起きても充分に間に合う。間に合うとなればギリギリまで寝ている。結果、毎朝ごはん

抜き。

スーツのズボンも、おかしな皺《しわ》が寄らないよう、ていねいにハンガーへふたつ折りされて、かけられていた。

ふと見ると、布団の枕元にズボンのベルトと、穿《は》いていた靴下が、きちんと揃えてあった。

樹の几帳面《きちようめん》さには、時々、やられる。微笑ましくなる。ベッドの上で卓が服を脱ぐのを待ちながら、あれをいつたたもうか、などと考えていそうなのだ。

「樹、大信田邸には何時迄《まで》に行くんだい？」

今日から三日間のアルバイト。

上着以外の着替えを済ませ、卓は畳に敷かれていた布団を――いつの間にか布団で寝ていたということは、寝落ちした卓を、樹が布団を敷いて寝かせてくれたということで、片付けくらいは自分でせねば――掛け、敷き、を、ざっくりまとめてふたつ折りにして、押入れの奥へ力任せに詰め込んだ。

「九時ですけれど、って、卓さん！　そんなやり方をしたら――」

樹が言い終わらぬ内にどどっと布団が崩れ落ちてきた。

勢いで畳へ倒され、布団の下敷きになった卓は目を白黒させて、

「布団ってけっこう重たいものだな」

「もう、呑ん気なこと言って！　どこの世界に敷き布団も掛け布団もいっしょくたにしまう人がいますか！」

そういうずぼらなことをすると、うまくしまえないどころか、反発して布団が押入れから飛び出してくる。

「わたしはベッド育ちなんだ」

「常識です」

樹はてきぱきと布団を一枚ずつたたんで、きっちりと押入れにしまう。年下の樹の方が、よほどしっかりしている。「――卓さん？　どうしました？」

卓がまだ仰向けに倒れていた。目を閉じて、返事をしない。

「た、卓さん？　どこか打ったんですか？」

心配になった樹が卓のそばで膝をつき、顔を覗き込むと、途端にパチリと目が開いて、卓は抱きしめざまにキスしてきた。

「卓さん！」

樹は反射的に、ぱっちーんと卓のほっぺたに両手挟みビンタをお見舞いした。「悪い冗談ですね、怒りますよ！」

「これが済んでからね」

めげないし、反省もしない卓は優雅にウインクして、樹を優しく引き寄せる。「樹に、おはようのキスがしたいんだよ」

今度は樹も黙って目を閉じた。口唇を合わせ、ゆっくりと舌を絡ませながら、のしかかるように樹を組み敷いていくと、トントン、と、畳がきしみをたてた。

「？　──とんとん……？」

嫌な予感。

「おはようございます。多岐川さん、起きてらっしゃいますか」

ドア越しに聞き慣れぬ若い男の声。

「また邪魔が入った」

卓がぷんとむくれると、

「そういう巡り合わせかも、ですね」

樹はくすくすと笑った。


ドアの前に、背広姿の二十代半ばの男が立っていた。ひょろりとした長身で、もやしみたいだ。樹の友だち、という雰囲気ではない。──誰だろう。

「おはようございます、青野《あおの》さん」

樹が挨拶すると、

「朝早くに申し訳ありませんが、少し、伺いたいことがありまして」

青野は言って、おや、と卓に気がついた。怪訝《けげん》そうに眉を寄せ、窺うようにして、「多岐川さん、あちらの方は？」

小声で樹に尋ねた。

――なんなんだ？

卓は非常にムッとした。それでなくてもムッときているのに、あんなにあからさまに怪訝そうにされたなら、ムッだって、ムッどころではない。この男の卓を見る目付きときたら、まるで、人を見たら犯罪者と思え、といわんばかりの意地の悪い刑事のようだ。――警察官はともかく、刑事にはまだ会ったことはないのだが。

「あの人は、ぼくのこ……懇意にしている、友人のお兄さんなんです」

恋人と言いかけて、咄嗟に誤魔化す。そこまでプライベートを晒す必要はない気がしたし、樹の身元は説明してあるので、親戚などと迂闊《うかつ》なことも言えなかった。「出張で東京にいらしたんですが、友人は寮生なので、一晩だけ、うちに」

我ながら苦しい説明と思ったが、

「そうですか、大変ですね」

青野はあっさり頷いて、「それで多岐川さん、これなんですけどね」

懐から、保管用のビニール袋に入った、佐藤良二と表紙に印字されている預金通帳を、樹に見せる。

「良二のですね。これが何か？」

「昨日下宿を捜索した際に出てきたんですがね、今月の頭に入金があるでしょう」

「二百万!?」

樹の驚きに釣られるように、卓は樹の肩越しに通帳を覗き込んだ。――間違いなく、入金の欄に二百万の数字が。

さては手切れ金か⁉　もしくは口止め料？

察するところ、川崎淳子から佐藤良二への。

卓はひどく虚《むな》しいものを感じた。愛情が金で清算できるものなのだろうか？

――ということは、この男、本物の刑事⁉

だとすればあの視線も納得だ、一種の職業病だろうから。

「かなりの大金ですよね。ご両親に問い合わせたところ、振り込みに心当たりはないそうでして。多岐川さんは、この金の出所に心当たりはないですか」

樹は通帳に印字された数字をじっと見た。入金の日付けは自殺の一週間前。――こんな大金を通帳に残して自殺するとか、ますますあり得ない。

「いいえ」

樹は首を横に振る。「ぼくに心当たりはありません。銀行で調べれば、何かわかるんじゃないですか」

「それが駄目だったんですよ。系列銀行の別の支店からATMで現金で振り込みされたのはわかったんですがね、入力されていた名前も電話番号も偽でして。防犯カメラの映像もイマイチで、フードのついたゆるっとした服装のせいで年齢も性別もわからなかったんです。――多岐川さんにも心当たりはないですか、そうですか」

八方塞がりの感がある、刑事の仕事も大変だ。

「善和だったら、何か知ってるかもしれません」

「さきほど訪ねたんですが、お留守のようで」

「この時間に？　だって、体調を崩して寝込んでいるんだろう？」

卓はつい、口を挟んでしまった。はたと青野と目が合って、「あ、失礼。わたしはこういう者です」

いつもの習慣で背広の内ポケットから、名刺を青野へ差し出した。

途端に、ぐいと樹の肱鉄《ひじてつ》。

痛いなあと横目で見ると、逆に睨まれる。――あ。やばい。

「T企画の諸麦卓さんですか。会社の方は存じておりますよ、有名ですもんねえ」

青野は名刺を受け取って、ふと、「東京の会社でも東京に出張することがあるんですか？」

と訊いた。


「墓穴掘りの卓と呼んでくれ」

卓は「情けない」を連呼しながら、昨夜の移動に使い、樹のアパート近くの時間貸し駐車場に止めておいた愛車ロードスターを大信田邸へ、樹を送り届けるために走らせていた。

「でも青野さん、そんなに気にしてない様子でしたよ」

「それは樹が機転を利かせて、辻褄を合わせてくれたからだ」

秘儀〝出向〟。T企画の社員だが、地方の会社に出向していて、出張で東京へ。少しややこしいが、ない話ではない。

「そもそも卓さんの設定を勝手に作ったのはぼくですし、そこは責任を取らないと、と」

「つくづく、わたしは樹がいないと駄目なようだ」

「それに関しては、そうですね、ちょっと危なっかしくて、目が離せません」

うっかりと布団の雪崩に押し潰される人なので。

「引っ越し、今度の連休とか、どうかなあ」

「今度の連休はまだ八月ではありません。それとこれとは、話が別です」

「もう少し雰囲気に流されてくれてもいいんだよ？　シビアだなあ、樹は」

「誉めていただき、光栄です」

どう口説いても流されない樹に、卓はちいさく苦笑した。

「しかし、自殺でも家宅、いや下宿捜索とか、するものなのかい」

「警察の行うことは詳しく知りません。でも司法解剖もするそうですし、一応全部やるんじゃないですか」

「解剖まで!?」

「卓さん、あのあたりで降ろしてください」

大信田邸へ繋がる交差点の手前を、樹は示した。

「門まで送るよ。ここからは上り坂だし、まだかなりの距離がある」

「といってもせいぜい歩いて五分かそこらでしょう？　只今《ただいま》八時二十八分。五分かかったとしても、三十三分には着いちゃう計算ですね」

数字で返す譲らぬ樹に、卓は仕方なしに車を停めた。

「バイト、何時に終わるんだい？」

未練は残る。結局、一度も、最後までできなかった……。

「三分の一、片付くまでです」

樹はあっさり応えて、するりと車を降りた。

「片付かなかったら帰してもらえないんだろ」

「片付きますよ」

「もの凄い本の量だと聞いているぞ」

「大丈夫です。送っていただき、ありがとうございました」

卓の心配をよそに、軽い足取りで行ってしまう。

「——三分の一か。樹は簡単に言うけど、本当に大丈夫なのかなあ」

卓は、秀保を手伝いに来させようかと本気で考えながら、ロードスターを発車させた。

車通りのまったくない（私道と言われたら信じてしまいそうな）坂道を、遠ざかるロードスターのエンジン音を背中に聞きながら、ゆっくりと上がっていく。

卓の厚意はいつでも温かくて嬉しいのだけれど、それに甘え過ぎてしまいそうな怖さがあった。のめり込んで、自分の足で立てなくなってしまったら、きっと卓の重荷になる。好きだからこそ、弁《わきま》えていたかった。

なにより今は、すべき事がある。

二百万もの大金の入金、良二はそのお金に関して何も言っていなかった。正当な理由で得たお金だとしたら、良二のことだ、オンボロの中古車を買い替えようと思うんだ、とか、楽しそうに言い出しそうなものなのに。

もしかして、入金を知らなかったのかもしれない。タイミングによっては、考えられる。

正当なお金ではなかったならば、たとえば手切れ金とか、川崎淳子から支払われたと仮定して、でも、普通の恋人同士の別れ話に大金が絡むのは変である。これが、社会的地位のある人が愛人を囲っていてその手切れ金というのなら、まだわかる。恋人同士の別れ話に離婚の慰謝料並の手切れ金を支払わなければならないとしたら、おちおち恋人も作れなくなる。

「……なんか、ひっかかるんだよな」

インターホンで名前を告げると、大きな鉄の門が内側へと自動でゆっくり開いてゆく。

中へ一歩を踏み出そうとして、少し、躊躇う。樹は自分が緊張していることに気がついた。落ち着かせようと大きくひとつ深呼吸して、歩き出す。と、背後から近付くエンジン音。

「――え？　卓さん!?」

と思ったが、エンジン音が大きい。卓のソウルレッドのロードスターは一五〇〇ｃｃ。それよりも大きな音である。

同じ赤でも燃えるように艶やかなバイブラントレッドのスカイラインクーペが、ブレーキもかけずにタイヤをきしませて道路から門の中へと突っ込んできた。樹の横すれすれをすり抜けるようにして猛スピードで通り過ぎる。樹はひき殺されるかとゾッとした。

キーッと急ブレーキが踏まれ、運転席の窓から川崎淳子が慌てて顔を出した。

「ごめんなさいね、ケガしなかった？」

「ケガはありませんけれど……」

「急いでいるの、あとで書斎に伺うわ」

言って、顔を引っ込める。

――が急いでいるという割に、ちっとも車は動かない。すると、困ったように再び淳子が窓から顔を覗かせた。

「多岐川さん、あなた車に詳しい？」

詳しい、のレベルにもよるが、

「どうしたんですか？」

訊いて、樹は車に走り寄る。

「アクセルを踏んでいるのに、動かないの」

「ギアをロウに落としました？」

「あら、トップのままだわ」

淳子は恥ずかしそうに笑って、マニュアル車のギアを入れ替えた。ところが、タイヤは回るのにちっとも前に進まない。「どうなってるの、いやだわ」

「タイヤがわだちにはまって、空回りしてますよ」

林の中に立っているような大信田邸、深い緑の庇《ひさし》に日差しが遮られ、湿気の多い、ぬかるんだ土がそこかしこにある。

「どうしましょう。伸幸さんにすぐ来てくれって電話で呼ばれて、お化粧もしないで急いで来たのに」

そういえば、まるで化粧っけがない。気づかなかったのは素顔もきれいだからだろう。むしろ、してない方が好感が持てた。——そう、好感。

「急いでるんでしたら、ぼくが駐車場までころがしておきましょうか」

アクセルにしろブレーキにしろ女性の踏み込みは全体的に甘い。怖がりだから、ということと、筋力の関係で。また、この車のように排気量の大きな車は、つま先で少し踏んだだけで、ぎゅんっと加速してしまうので、踏み込まない癖がつく。そんなこんなで、わだちからなかなか抜け出すことができない。少々乱暴なくらいに勢いをつけないと難しいのである。——もしくは、わだちとタイヤの間に板などをかませて、脱出させる。

どちらにせよ、淳子には難しいだろう。

「頼める？　ありがとう」

淳子は車から降りると、「終わったら、すぐに書斎へ伺うわ。そのときにキーを返してくださる？」

「わかりました」

「助かるわ。お願いね」

春らしいパステルグリーンのワンピースの裾をふわりと翻して、屋敷へと駆けて行った。

樹は運転席に座り、シートの位置をやや後ろにずらして自分の体格に合わせると、思いっ切りアクセルを踏み込んだ。ガガガガと激しく土のけずれる音とともにガタンと車が大きく揺れて、走り出す。

自分の車こそ持っていないが、運転免許は持っている。地方出身の学生あるある、高校を卒業し大学に入学する間の春休みに、自動車教習所に通うのだ。都内と違って地方ではマイカーはほぼ必須の移動の足だ。車は一家に一台どころかひとりに一台、高校の同級生のほとんどが教習所に通うし、樹も例外ではなかった。しかも、帰省のたびに実家の車を運転する（させられる）ので、単に免許取得から一年以上経過しているだけでなく、ちゃんと初心者の若葉マークを卒業した腕前くらいは、持っていた。

スカイラインクーペクラスの大きな車にも慣れていた。おかげで、ビビることなくハンドルを握ることができる。もちろん、ぶつけないように細心の注意は払うけれども。

門から駐車場まで走らせて、何度かギアチェンジをしながら、樹は、あれ？　と思った。

「この車……」

「さあてと、多岐川君、そろそろ昼食にしようかね」

大信田高史は読みかけの小説本に栞《しおり》を挟んで傍らのテーブルに置くと、ロッキングチェアに腰掛けたまま大きく伸びをした。

整然と書棚に並ぶ本の背表紙の、いくつもの列。部屋の一角に用意された机と椅子で作業していた樹は、

「はい」

と返事をして、打ちかけのパソコンデータに上書き保存処理をした。

そう、本の山とは真っ赤な嘘で、アルバイト候補たちの度肝を抜いたのは、ドアの前だけに高く積み上げられたニセモノの本の山だった。

「今時の若いモンは、すぐに楽して金を稼ごうとする。対価の伴わぬ金に価値なぞない」

大信田高史は言ったものだ。

三日で十万を払うに相応しい覚悟を持つ者にアルバイトを頼みたい。そこで、本の山を使ってひとりひとりを試したのである。実際には、既に用意されていた手書きのリストを本の有無と照らし合わせてからコンピュータに打ち込んでゆく、という作業だった。

樹は昨日のうちにこのからくりを大信田から教えられていたので、卓へ、片付きますよ、大丈夫です。と、あっけらかんと言えたのだ。

「多岐川君、どこまでいったかな？」

「作家別の、か行が終わったところです」

「ほうほう順調だね。では、さ行が終わったら今日はおしまいにしよう」

「わかりました」

樹の返事に大信田高史は満足そうに頷いて、傍らの内線電話を通じてふたり分の昼食を書斎へ運ぶように命じた。

「大信田さん、少し外の空気を吸ってきてもいいですか」

樹は淳子が気になっていた。朝の口振りでは、すぐに車の鍵を取りに来そうな様子だったのに、もう昼時だというのにまだ現れない。

樹が書斎に着いたとき、ここの窓から淳子と伸幸が仲良く連れだって中庭の温室へ向かうのを、見かけたきりだった。

「かまわんよ。他にも用事があるなら、ゆっくり済ませてきなさい」

大信田はにこにこと言う。外の空気を吸う、を、トイレに行きたい、と、解釈されたのかもしれない。

「はい、ありがとうございます」

樹はその言葉に甘えることにした。一礼して書斎を後にする。ついでにトイレに寄るのもいいが、温室へ行ってみようと思いついたのである。

淳子に確かめたいことがあった。——立ち入った問いなので、答えてもらえるかどうかは、わからないが。

なにかが、おかしい。

良二が淳子とつきあっていると、善和も樹も思っていた。だが、少なくとも樹は、ふたりが一緒に居るところを見たことはない。

淳子のスカイラインクーペ、三七〇〇ｃｃの馬力があるはずなのにぜんぜん加速スピードが伸びなかった。ギアチェンジも固く、それぞれのギアのスピードののりも甘いのだ。いかにも女性が、たまに近所のお買い物へ行くのにちょこっと乗るだけ、というのが歴然としている車だったのだ。それに距離も走っていない。

フロントガラスに貼られた法定点検のステッカーによると、買って一年ほど経っているのにやっと三千キロ走ったばかり。軽自動車ならともかく（いや、街乗りの軽自動車でも一年で三千キロということはなさそうだ）あのクラスの車ならば年に一万キロ以上は走って、いや、そもそもスカイラインクーペはスポーツカーなのだ、それが街乗りレベルとは。加えて、淳子の運転テクニック。樹を轢《ひ》きそうになったことといい、思い切った加速だけでなく、減速も、ハンドルさばきにも不安がある。

人目を忍んで会うとなれば車は必須だ。良二の車は中古の更にお古を格安で買ったものだけに、とてもとても、女性とのデートに使えるような代物ではない。どう考えても、淳子のスカイラインクーペを使う方が適している。

そのスカイラインクーペがあのざまだ。

それに、二百万。

恋人が川崎淳子だとすると、話が微妙に、ちぐはぐになる。

樹はふと、卓から聞いた、突飛そのものの洋子の推理を思い出した。

年上の男性の恋人。

「──まさか！」

手摺《てす》りを頼りに階段を駆け降りていた樹は、踊り場で、いきなり目の前に現れた人影にハッとした。階段の視界が悪いだけでなく、気持ちが焦っていたからか、上ってくる足音に気づかなかった。相手もそうだったのか、もろにぶつかってから、淳子は樹に気がついた。気づいたときにはぶつかった後。よろけた淳子の体が、重力の法則に従いそうになる。

下は長い階段だ。

「危ない！」

樹は必死に淳子を抱き止めた。間一髪で、ふたりはそこへしゃがみこむ。

「あ、ありがとう」

淳子の顔色がやけに蒼《あお》い。たった今晒された危険のせい、だけでは、なさそうだった。

樹の腕を無意識に攫む淳子の手が、小刻みに震えている。

「淳子さん？　どうかしたんですか？」

「ごめんなさい、ちょっと、気分が……」

と言うなり、片手で口を押さえて吐きそうになる。

樹は淳子を脇から支えて立ち上がらせると、階段を降りてトイレへ向かった。

「──ごめんなさい。朝から、迷惑ばかりかけてしまって」

胃の中の物をすべて吐いてすっきりしたのか、ようやく淳子がホッとした笑みをみせた。

「温室で何かあったんですか？」

「今朝、南国から珍しい小鳥が温室に届いたの。仲幸さんが私の為に取り寄せてくれたそうなのだけれど、長旅で弱っていたのね、籠《かご》から出して温室に放したのに、元気にはばたかなかったの。――それで」

淳子はまたしても、手で口を覆った。

「小鳥がどうかしたんですか」

「いいえ、どうかしたのは仲幸さんの方よ。ここの所、ずっと変なの。急に陽気になったり、ふいにふさぎこんでみたり。さっきも、――さっき、小鳥が飛ばずに枝にとまってばかりいるからって、細い竹竿《ざお》をどこからか探してきて追い回すの。むきになって、気が触れたみたいによ。それで、遂に力尽きて地面に落ちた鳥を手づかみにして……」

淳子はきつく目を閉じた。「華奢《きやしや》な小鳥の首を、平然と――。私、怖くなって、あの人、小鳥を絞めた手で私に触ろうとするから、だから、逃げてきたの」

「それ、警察で証言していただけませんか」

樹が言うと、淳子は意外そうに目を上げた。

「証言？　――何の？」

「もしかすると、仲幸さんは人を殺しているかもしれません」

「ま、さか……、だって、誰を？」

「とにかく、淳子さんは一旦《いったん》、家へお帰りになった方がいいです。――これ」

樹は車の鍵を淳子に返すと、「このことはしばらく誰にも喋らないでいてください。お願いします。それから、ひとつ、教えてほしいことがあるんですけれど」

と、申し出た。


一難去って、また一難。いや、二難。これぞまさしく災難ならぬ再難だ。なんて、駄洒落でも言っていないと、やってられない。

「そんな、これじゃいくらなんでも惨《むご》いじゃありませんか！」

半泣きで訴えたのは、黙っていればイケメンの林野秀保である。彼の手でくしゃくしゃに握り潰されているのは婚姻届、もちろん秀保のものではない。

「よっく言うわねー、男の分際で」

雄々しく腕組みをして遥か上空の秀保を睨みつけたのは、こちらも、黙っていれば小柄で愛らしい石井洋子である。

男女の違いだけでなく、圧倒的な身長差と体格差。だが、見た目に反して圧されているのは秀保だ。

「諸麦さん、黙っていないで何とか言ってくださいよ。こんな紙っきれを社内でひらひらされて、仕事なんかまともに手につきませんよ」

「この程度で仕事が手につかないとか、ふざけてるわね。それとも仕事が合っていないのかしら？　辞職した方がいいんじゃない？」

　例によって、洋子のセリフは極端だ。

「石井さんこそ、そろそろお辞めになったらいかがですか」

だが、どっこい、秀保も負けていない。「イイ年してまだ独身だなんて、笑ってしまいますですよ！」

「はあ？　失礼ね！　私はまだ二十四歳なんですからね！　ナマイキに、先輩に楯突《たてつ》いてこの業界でやっていけると思ってんの？　そもそもね、私は入社したときからずーっと、結婚するならこの人と、卓を心の旦那様《だんなさま》に決めていたのよ！」

「た、卓!?　も、諸麦さんの、ふぁ、ファーストネームを呼び捨てにするとは、ぼっ、ぼかー許せません！」

　さながら、ドーベルマンとスピッツが己れの姿も顧みず本気でケンカをしているようだ。ワンワンキャンキャン騒々しいのなんの。

　仕事に集中できるよう、広いフロアをパーテーションでいくつかに区切り、パーソナルスペースを確保しているデザインルーム。視界はそれなりに制限されるが、話し声はその限りではない。大声となれば、ほぼ筒抜け。

　今日は他にもデザイナーが出社しているが、かまわずやりあう秀保と洋子。偶然ここで鉢合わせたふたりは、日頃の鬱憤を晴らすが如くの勢いで、卓を含めて周囲のことなどおかまいなしだ。これでは卓の方がたまらない。

「……こういうときに、邪魔が入ってくれればいいのに」

樹との、いい感じの盛り上がりを邪魔されるのではなく。だが残念ながら、誰も訪ねてくる気配はない。

本日は急ぎの仕事で、新規にオープンするブティックの内装デザインを依頼されているのだが、ちっとも案がまとまらない。

しかも、そろそろランチタイムだ。お腹も空いてきた。——このふたり、いつまでやっているのだろうか。

「卓、このわからずやのお子ちゃまに言ってやってよ、私と結婚するって！　そう約束したのよね！」

——昨日のあれは、約束とはいわない。

「馬鹿言わないでくださいね、諸麦さんは結婚なんかしません！　新居のマンションでぼくと同居することになってるんです！　そう、約束しました！」

——あれも、約束したとはいわない。

まったく、揃いも揃って勝手なことばかり。……樹、きみだけがわたしの心のオアシスだ。

と、このタイミングで、デスクの社内電話が鳴り出した。

卓が反応するより早く、洋子がバッと受話器を取り、

「今、忙しいのよ！」

ガチャンと切ろうとするのを、素早く横から奪い取る。

「なによ、卓」

「なによじゃない」

卓は通話口を手で塞ぎ、「いい加減にしなさいふたりとも。ここはわたしの仕事場だ。やり足りないというのなら、ここを出てよそでやりなさい。誰の迷惑にもならない所で」

穏やかに言った。

口調は穏やかだが、どこか逆らい難い迫力がある。

「もしもし、今のは別口だ、気にしないで」

卓が電話の相手へ促すと、

「も、諸麦さん、お取り込みのところ、申し訳ありません」

受け付事務の女の子が恐縮していた。恐縮というより、怯《おび》えていた。「あの、外線なんですけど、青野さんとおっしゃる方です」

「青野？　──ああ」

今朝の刑事かもしれない。刑事が卓に何の用なのだろう。「つないでくれ」

卓の目の端に、秀保と洋子が人さし指で、えいえいとつつきあいながら口パクで論争を続けているのが映った。

懲りない連中である。

ジロリと睨むと、ふたりはぱっと指を隠し、すごすごとデザインルームから出て行った。

やがて保留音が途切れる。

すると、

「もしもし、諸麦さんですか！」

切羽詰まった青野刑事の声が、耳に飛び込んできた。


ベッドの下、額縁の裏、書棚の奥、ランプシェードの内側、観葉植物の鉢の底、それから、

――それから。

「何かあるはずだ、何か……」

樹は焦れ焦れと伸幸の部屋を見回した。淳子に教えてもらった伸幸の部屋には（まだ温室にいるのか）幸い、主はいなかった。ドアに鍵はかかっておらず、樹はこっそり忍び込み、〝何か〟を求めて部屋の中をあちらこちらと探っていた。

何か。良二を殺したという証拠になるもの。それが無理ならば、せめて良二と伸幸を関係づける、何か。

淳子ではなかったのかもしれない。良二があんなに固執していたのは、大信田伸幸の方だったのかもしれない。

「あの人を悪く言うな、お前らはなんにもわかっちゃいない！」

良二の最期の捨てゼリフ。

善和と樹は「淳子さん」と名指しで呼んでいたけれど、今思えば、良二はいつも「あの人」

と呼んでいた。あのときも「淳子さんを」ではなく「彼女を」でもなく「あの人を」と。

だからなのか？　恋焦がれた相手が同性だったから、だから良二は、ひとりで苦しんでたのか？　どうせぼくたちには理解してもらえないと。

いや？　けれど男同士なのだから、恋が成就する可能性は低いと（男女でも、好きな人と必ず両思いになれるわけではないが、同性であれば確率はもっと下がるだろう）良二は割り切っていたはずだ。たとえ両思いになれたとしても、結婚の形を取るのは難しいのだから。そして割り切っていたのなら、いきなり現れた川崎淳子というライバルと仲幸の結婚によって、改めて未来を悲観して自殺する、というのは……どうなのだろう？　仲幸に裏切られて絶望した、と、なるものだろうか？

もしこれが樹なら、卓に、ある日突然、結婚することになったので別れてくれ、と言われたら、驚くし、ショックだし、相手の女性を恨むかもしれないが、でも結局は、愛する人のしあわせを祈るような気がした。

好きな人だから、しあわせでいて欲しい。

できれば、自分としあわせになって欲しいけれど、それが無理なら、せめてもの。

良二がもし、どうしても別れないと食い下がったとしたら？

だとしたら二百万の意味がわかる。淳子はともかく、仲幸ならば、二百万の手切れ金は、とても似合う。

どうしても受け取らないので勝手に通帳に入金されたのだろうか、強制終了の印として。

それほど、仲幸にとって良二の存在は邪魔になっていたのだろうか。

その二百万に、良二は絶望したのだろうか。

では、やはり自殺なのか？

混乱してくる。

良二の自殺に違和感はある。淳子にもだ。違和感は確かにあるけれど、――わからない。

仲幸の運転で良二がいつも助手席に座っていたのだとしたら、まるでダイイングメッセージのように良二が助手席で自殺したとしても、筋が通るのかもしれない。――わからないけど。

もしくは、どうしても別れないと食い下がった別れ話のもつれから仲幸に殺されてしまい、自殺に偽装工作されたのか？　温室でカッとなって小鳥を手に掛けたように？

ふと、マホガニー材のどっしりと重厚で高級そうなチェストに飾られている、写真立てが目に入った。淳子と仲幸が楽しそうに肩を寄せて微笑んでいる、写真。

恋人とのツーショットをわざわざプリントして写真立てに飾っているタイプなら、もし仲幸が密かに良二と付き合っていたとしたら、良二との写真も持っていそうなものである。

「……殺した場合でも、持っているものかな」

それもまた樹にはわからないが、確かめてみても損はない。

もし樹なら、持っていてもその写真は人目に触れないよう隠すだろう。だが、写真は一種の戦利品だ、飾ってもおきたいだろう。そして、木を隠すなら森の中、写真を隠すなら――。

樹は写真立てを裏返し、背面の裏板を外す。

「あった。これかもしれない」

案の定、もう一枚、小さめの写真が入っている。「――え……？」

樹はその写真を表に返して、茫然とした。

写っていたのは良二と淳子だった。しかも黒い油性マーカーで、良二の顔だけ大きくバッで潰されている。

「ということは、……どういうことだ？」

樹はますます混乱してきた。

「それはこちらのセリフだよ、多岐川君」

突然浴びせられた男の声に樹は心臓が口から飛び出しそうになった。恐る恐る振り返ると、開いたドアの空間を塞ぐように大信田高史が立っていた。

彼の手で黒く鈍く光っているのは、テレビや映画ではお馴じみの、拳銃《けんじゅう》、かもしれない。

「大信田さん……？」

「これはどういうことかな？　多岐川君、そこでなにをしているんだね」

銃口は微塵《みじん》の躊躇いもなく、まっすぐ樹に向けられていた。「外に空気を吸いに行くのではなかったのかな？　それに、ここはトイレでもないが？」

――ああ。

ぼくはなんて愚かなんだ。

あの二百万、出所は、この人だ。

いくら資産家の息子でも、資産を持っているのは主の高史だ。資産を自由にできるのも主の高史だ。父親ほどではなくとも仲幸個人もかなりの資産を持っているのかもしれないが、そもそも、手切れ金にポンと二百万を出す感覚、それは若者の感覚ではない。二百万で他人の頬を叩くような真似も、長年お金をそういうものとして扱ってきた人の発想だ。それは息子の仲幸ではなく〝三日で十万〟で樹を雇った——言いなりにさせた、目の前の、この人の、感覚だ。

どうしてもっと早くに気づかなかったのだろう。この人ならば辻褄が合う。

「あなただったんですか。良二を自殺にみせかけて、殺したのは」

「ほうほう、よくわかったね」

大信田高史はこれみよがしに目を大きく見開いて、「賢い子だと察していたが、賢いというのも考えものだ。気づかなければ、みすみす命を落とす破目にならずに済んだものを」

そうか、ぼくも、殺される前提なのか。

ならば、どのみち殺されるのなら、

「どうして良二を殺したんですか」

知りたいことは、全部、訊く。

大信田高史はふふんと鼻を鳴らして、

「いつまでも未練たらしく淳子さんにつきまとう小鼠がうるさかったのでな、害虫駆除だ。淳子さんのことは忘れろと二百万もくれてやったのに、二百万もだぞ？　喜ぶどころか頭へ血が上ったらしく、仲幸に、淳子さんと別れろなどと詰め寄りおった。カッときた仲幸がやつの首を絞めたんだが、あいにく気を失っただけでね。しめしがつかんから、わしが筋の者に頼んで後始末をしたのだよ」

樹はぐっと拳を握りしめた。

たったそれだけの理由で？　〝しめし〟などという、そんなもののために、良二は殺されたのか？

「どうして、運転席でなく、わざわざ助手席に座らせておいたんですか」

「助手席に座らせてあの場所まで運んだのでな。そのあと、運転席に移すのが面倒だっただけだろうて、わざわざではないな。けっこうな金を払ったのに、雑な工作をするものだ」

大信田高史は可笑しそうに、ふぉっふぉっと笑い声をたてた。

──人の命を、なんだと思っているんだ。

「あなたは、息子さんの為には何でもなさるんですね」

「たったひとりの跡継ぎなのでな。──あの子は、いい子だ」

大信田高史は目尻を下げて微笑んだ。溺愛の笑みの、その不気味さ。

──何かが壊れているんだ、この人も、息子も。

人ひとり手にかけたときから？　いや、それ以前から？

「きみもいい子だと思ったのに、欲のない、いい子だとね。それがどうだ、こんな、コソドロのような真似をして」

「ぼくはいい子なんかじゃありません。最初から、良二の香典代をいただくつもりで、ここに来たんです」

「友だち思いなのだねえ。だがね、今は親切が仇《あだ》になる世の中なんだよ。きみも、もう一匹の小鼠と同様、あの世に逝きたまえ」

「もう一匹⁉」

樹は愕然とした。——まさか。まさか……。

「栗田なにがしと言ったか、きみと同じくこの部屋へ、昨夜遅くにコソドロのように窓から忍び込んできたのでな、とっ捕まえて、会いたがっていた友だちに会わせてやったよ」

善和を？　まさか、善和まで？

「——殺したんですか」

「ひとりもふたりも、三人も、同じことだ。殺してくれといわんばかりに、自分からこっちへ飛び込んでくる。——どうしたね、恐い顔をして。せっかくの綺麗な顔が台無しだ」

「ぼくこそ、あなたを殺してやりたいです」

「それは残念だ。最期の望みぐらい、叶えてやりたいが」

大信田高史は慣れた手つきで拳銃の安全装置を外すと、「小汚い小鼠同士、あの世で三人、仲良くな」

引き金に掛けた人差し指に、ぐっと力を込めた。

この至近距離では避けられない。

——卓さん‼

樹はきつく目を瞑る。

鋭い銃声が、辺り一帯に轟《とどろ》いた。


卓さん。……ああ、卓さん。どうせ死ぬのなら、あなたの腕の中で死にたかった。

仕立ての良い手入れの行き届いたスーツと、クリーニングしたてのノリのきいたワイシャツの清潔な胸に抱かれて、こんなふうに、卓さんのぬくもりを感じながら、静かに息を引き取りたかった。

そして名前を呼んでもらうのだ。

「樹、樹、しっかりするんだ。君はまだ生きているんだよ」

と。


「――え？」

「気がついたかい、樹」

「卓さん!?　――え？　本物？　え？　ぼく、死んだんじゃないんですか？」

「被害を受けたのは、あちらさんだ」

ドアのまん前、高価な寄木細工の床の一点が、黒く焼け焦げていた。

樹はまっ赤になって卓の腕から離れると、床に正座した。

「こっ、これは、どういうことですか？」

目の前に卓がいるだけでなく、制服姿の警官や私服の男女（おそらく刑事だ）が状況報告をしあいながら、そこいら中を慌ただしく動き回っている。

「なにせ、ここは、殺人未遂の犯行現場だからね」

卓は樹の正面へ這い寄って、同じく正座した。「樹が床に倒れたまま動かなくなってしまったから、てっきり弾が当たったか、床に頭を打ち付けたのかと心配で、わたしは生きた心地がしなかったよ。大丈夫かい？」

「ぼくは大丈夫です。それより、大信田さん！　大信田高史さんは⁉」

「青野刑事が逮捕して、パトカーへ連れていったよ。彼は、樹のおかげで大手柄をたてたことになるな」

「逮捕……。あっ、仲幸さんは？」

「温室で、ブツブツとなにやら呪文《じゅもん》のような、意味不明の言葉を呟きながら、長い棒を振り回していたところを、やはり連れて行かれたよ」

「――そうですか」

「樹、あとで川崎淳子さんにお礼を言わなくてはいけないぞ。屋敷に駆けつけたわたしたちをまっすぐここに案内してくれたのだ。それから、温室の件も」

「淳子さん、家へ帰ったんじゃなかったんですか⁉」

「駐車場の自分の車の中に居たよ、思案に暮れた様子でね。――彼女のことはもういい。まったく、ひどい無茶をして。司法解剖の結果がもう少し遅れていたら、わたしは二度と樹に会えないところだった」

「良二の司法解剖ですか？」

「ああ。なんでも、死亡してかなり時間が経ってから現れるタイプの死斑《しはん》が首にみつかって、他殺の容疑があがってきて、おまけに血液検査から致死量相当の睡眠薬が検出されたらしい。その成分が少々特殊で、その線から大信田家に事情聴取をすることになったそうだ。きっと、殺される前に飲まされたんだろうな」

「それは、つまり、大信田さんは墓穴を掘ったということですか？」

「ふむ。そうなるのかな」

頷いて、「墓穴で思い出した！　聞いてくれ、樹。今朝のわたしの墓穴は功を奏したぞ。あのときに渡した名刺から、わたしの所に連絡がついたんだ。他殺の可能性が急浮上したものの栗田君とは相変わらず連絡が取れないし、もう少し話を聞きたいからと樹の携帯に電話をかけても繋がらないし、もうこれは、名刺の人物に電話するしかあるまいと」

卓は、どうだ、と胸を張る。

樹は思わず、くすっと笑った。

「ケガの功名ということですか？」

卓のほんわりとした明るさに、樹は救われる思いだった。悲惨な事件にまだ気持ちがついてゆけない。良二だけでなく善和まで。ともすれば、涙が落ちそうになる。

「ということで、樹、命の恩人にお礼のキスは？」

「命の恩人？」

樹はきょとんと訊き返す。

「そう。危機一髪で大信田高史に背中から体当たりを喰わして、銃弾から樹を救った恩人」

卓が自分を指さした。

「卓さんが？」

危機一髪で大信田高史に背中から体当たりを喰わして？

「樹の身が心配でならなくて、心配で、心配で、心配のあまり、午後の仕事を全部キャンセルして大信田邸に駆けつけてしまった。我ながらこんなことは初めてだ」

「ぼくの為に、卓さんが、仕事をキャンセル……？」

自他共に認めるワーカホリックの諸麦卓が？

――信じられない。

「おまけに、大切な依頼人に体当たりを喰わせただけでなく、思わずグーで殴ってしまった。もし出所してきても、二度とうちに仕事は頼んでくれないだろうね」

「……ぼくの為に、ですか？」

「他にいるかい？」

樹は勢いよく首を振る。

「樹、だから、お礼のキス」

「――え。ここで、ですか？」

大の男がふたりして床に正座して膝をつきあわせているだけでも妙なのに、「卓さん、人の目って気になりませんか？」

「ならなくはない」

しかし、と言いかけた先を遮るように、樹はすっくと立ち上がり、

「ぼくはいつでも気になります」

釘を刺した。

時と場合による、と続けようとした卓は先手を打たれ、仕方なく、お礼のキスは諦めたのだった。


パトカーの後部座席で川崎淳子が静かに座っていた。彼女もまた関係者として、警察で事情聴取を受けるために。

「青野さん、少しだけ川崎さんと話をしてもいいですか？」

樹の頼みに、青野刑事は淳子の側の窓ガラスを下げてくれた。

「諸麦さんに教えてもらいました。川崎さんのお陰で、事なきを得ました。ありがとうございました」

礼を述べた樹へ、

「いいえ。それより、多岐川さん、佐藤良二君のお友だちなんですってね。先に教えてくださ

れば良かったのに」

淳子が微笑む。

「言ったら、気分を害されるかと思ってました」

「どうして？　そんなことないわ」

「良二を、好きでしたか？」

唐突な問い掛けに、淳子は驚いたように、二、三度まばたきをしたが、

「もちろん好きよ」

と、答えた。

重さのない〝好き〟。

「それは、たくさんいる大学の後輩のひとりとして、という意味ですか？」

「そうね。でも、少しだけ特別だったのよ。彼、数年前から海外留学している私の弟に似ているの。校内で私を見かけるたびに明るく挨拶してくれて、そういうところも弟と重なって。そのうちに挨拶だけでなくお喋りするようになって、佐藤君も、私をお姉さんみたいに慕ってくれて。伸幸さんとの結婚をね、とても喜んでくれたのよ。万年金欠病だからたいしたお祝いはできないけれど、って笑ってた。なのに、彼の口座に二百万円が振り込まれて、それで、怒りだしてしまったの。金で人の心をどうこうしようとする奴なんかと一緒になるなって」

「良二に反対されても、結婚の意志は変わらなかったんですね」

「手切れ金は誤解で、それを強引に送ってよこしたとしても、お金でしか物事の解決がつけら

れない人もいるわ。佐藤君が感じたほど、私はそれが卑怯《ひきょう》な行為だと思わなかった。――育った環境が違うんですもの」

育った環境と、住む世界の違い。それは価値観の違いであり、もしかしたら、永遠に埋められない溝なのかもしれない。

「……良二を、好きでしたか？」

再びの問いに、淳子はゆっくりと樹を振り仰ぎ、

「ええ、とてもね」

と、返した。

「ありがとうございます」

樹が頭を下げると、淳子は不思議そうな顔をした。

「そろそろいいかな」

青野刑事が口を挟む。

樹はこくりと頷いた。

パトカーは滑るように走り出す。――と、ふいに止まった。

「多岐川さん！」

淳子がパトカーの窓から顔を出し、「スカイラインのキー、あなたに預けておくわ！　警察から帰るとき、それで迎えに来てくださる？」

樹の返事を待たず、銀色に光る車の鍵が高く宙に弧を描いた。

鍵が小さな重みとなって、樹の手のひらに落ちる。

「デートの誘いだ。樹くんはどうするのかな？」

卓が茶化すようにおどけると、樹は鍵を、そのまま卓へ押しつけた。

「ぼくは、助手席に乗り慣れてしまったから……」

「……そうか」

卓は鍵を、そのまま手近な警官へ渡す。「ということで、きみに頼むよ。警察署まで、届けておいてくれないか」


樹も事件の関係者（被害者）であり事情聴取を受ける身なのだが、樹の心情や体調を慮《おもんぱか》り、明日警察署にて、となっていた。今日はゆっくり休んでくださいと。

大信田邸を後に、ハンドルを握りながら、卓は事件が解決してホッとしたからか、やけに腹が減っているのに気がついた。

「無理もない、昼食を食べ損ねてしまったからな。樹は、昼は食べたのかい？」

助手席の樹に尋ねたが、樹はガラス窓に額をつけてぼんやりとしていた。外の風景を眺めるでも、考えごとをしているふうでもない。

卓はいたわるように、

「樹、疲れたかい？」

優しく、重ねて尋ねた。

いくら樹がしっかりしていても、ショックを受けていないはずがなかった。友人ふたりが殺されて、ひとりは遺体も発見されていないのだ（大信田高史はこの期に及んで善和の殺害そのものを否認していた。よって遺棄場所も不明のままだ）。樹があんまりいつもどおりに振る舞ってくれたから、――そういう気遣いをする子なのを、卓は、少し、失念していた。

樹は窓に額を押しつけたまま、

「……良二のも、善和のも、見てないんですよね」

ポツリと言った。

遺体、の一言が口にできない。

「どちらのも、見てないんですよ。だから、なんとなく、まだふたりとも生きてる気がして」

類は友を呼ぶのだと、卓は思った。

樹が善和を放っておけなくてせめてもの救済にとアルバイトを決めたように、善和も良二の件を放っておけないが、誰にも告げず、真相を探ろうと大信田邸へ忍び込んだ（それが正しいやり方とは言えないが、他に方法が思いつかず強硬手段に出たのだろう）。それは良二もだ。淳子の結婚を看過できず、意見した。

だからこそ、樹にとっては、単に親しい友人を失った、だけではない気がした。

「なんとなく、……アパートに帰ると、善和がのんびりとぼくの部屋のドアを開けて、たまご余ってるかい？　って現れるような気がするんです。そこへ良二が遊びに来て、三人でユデタマゴをあてにビールを飲んだりして……」

きみたちまだ二十歳前なんだから飲酒は違反だろう？　という突っ込みは、今は、しないでおく。樹のかけがえのない友人たち。彼らが生きている間にちゃんと会いたかったな。きっと心地好い時間が持てただろうに。

「樹、しつこいと怒られるかもしれないが、やっぱり、次の連休にわたしのマンションへ引っ越して来て欲しいな」

卓はさりげなく伝えた。

「……甘えても、いいんですか？」

樹の声が震えている。

「もちろんだよ、それは、願ったり叶ったりというものだよ」

しっかりものの年下の恋人。卓は甘えてばかりだが、できれば卓にも甘えて欲しい。ふたりの時間が増えたなら、その機会も増えるだろう。「その為に、引っ越ししたんだ」

「だって、ぼく、本当はとっても図々しいんです」

「それは知らなかった」

「それに、とってもやきもち焼きで」

「へえ、初耳だ」

「しかもひどい強情っ張りで、最近は泣き虫にもなりつつあるし」

「ふむふむ」

「一円でも安く値切ろうとするドケチだし、欲が深くて利己的で、わがままで、それで――」

「それで？」

「甘えていいなんて言われたら、際限ないです。だから……」

「だから？」

「――だから……、本当に、いいんですか？」

「いいさ。いっそこのままわたしのマンションに帰っちゃおう」

卓は嬉しそうに提案する。

「あっさり承知しますけどね、卓さん、ぼく――」

「このやりとり、もう一度頭から繰り返そうか？　午後から半休にしたから、時間はたっぷりとあるんだよ」

樹は窓から額を離し、躊躇いがちに卓を見た。

「あとで後悔しませんか？」

「では先にしておく。人生、二十八年もやってると、そういう芸当だって身に付くのさ」

「卓さん……」

「それともわたしが樹のアパートに押しかけようかな。――そうか、それもいいな」

「そっ、それは駄目です！　あそこは、卓さんには相応しくありません！」

「じゃあ決まりだ」

卓はにっこり笑うと、一転、不満たっぷりに口を尖《とが》らせた。「ハイウエイとは、厄介なものだね」

「え、そうですか?」

首都高速は時間が半端なせいか、流れもスムーズで、走りは至って快適だった。

「キスすら自由にできない」

樹はぷぷっと噴き出した。それはそうだ。

「やっと笑ったね」

卓は得たりとウインクする。「わたしだって、赤の他人と暮らすことに不安はあるさ。でも樹とだったら試してみたい。それだけだよ」

「卓さん……」

「それでもまだ二の足を踏むかい?」

「いいえ! ——あ! ただ、ひとつ、重大な問題が残ってて……」

「重大な問題?」

卓はギクリと訊き返す。「まさか、満月の夜に狼男に変身する、とか?」

「いいえ」

冗談を、樹は生真面目に否定して、「大安売りでどっさり買い込んだ冷蔵庫の中身、どうしましょう?」

と、返した。

蜜月（『わからずやの恋人』）

◇◆◇　1　◇◆◇

慣れない英語と格闘の日々。

くたくたになって疲れて戻ったアパートメントの自分の部屋に入ると、明かりも点けず、へたり込むようにひとり用のソファに座り、だらりと天井を眺める。

「しようがないって。まだこっちに来て一ヵ月経ってないんだぜ」

我と我が身を励ますように、七瀬《ななせ》浩之《ひろゆき》は呟いた。

薄暗い室内に、ブラインドを上げたままの窓から外の光が差し込んでいる。

だから、ネイティブな人と同じように会話しようなんて無理だって。やっと相手が言わんとしていることが、どうにか察せられるようになったんだから、それだけでも自分的にはたいした進歩なんだから、

「焦ること、ないって」

プロジェクトには他に、七瀬の百倍は語学に堪能《たんのう》なスタッフが何人もいて、交渉に支障をきたすことはまるきりないし、今のところ、いくらコミュニケーションにかなり不安があるとはいえ、浩之とて、致命的な失敗はしていないのだ。

ただ、

「……俺、このままここにいて、いいのかな」

足を引っ張る一歩手前な自分が、なんとも辛い。

浩之の勤める『T企画』は、高層ビルの設計施工から小物インテリアのデザイン及び製造までやってのける、総合インテリア会社である。

社長を筆頭に平均年齢の若い非常にパワフルな会社であり、また、デザイナーという名目ながら、実質、貴金属や家具のデザイン、一般建築の設計、ビルの設計も難無くこなす、強者揃いのスタッフを何人も抱えるT企画は、会社の規模としては比較的ちいさいながらも業界では最注目株であり、もともと日本国内のみならず世界を相手に仕事をしていたのだが、この秋から本格的に海外へ進出を図ることになり、そのプロジェクトチームのひとりとして、浩之もここ、ニューヨークのマンハッタンへ来ていたのであった。

他人に誇れるような業績もない、弱冠二十五歳の浩之にしてみれば異例の大抜擢《だいばってき》ともいえるニューヨーク行き。出発前に激励してくれた社長の〝お言葉〟によれば、ハッカー七瀬と異名を取る（飽くまで本来の、ソフトウエアやハードウエアの解析能力を指すハッキングに由来したハッカーであり、悪質なサイバー攻撃を仕掛けるブラックハットハッカーやクラッカーとは一緒くたにされたくない。ここ、大事）浩之のコンピュータ知識と、（子どもの頃からこれだけはよく褒められた）記憶力の良さが、戦力になる。らしい、のだが。

「問題は、それ以前、だもんな」

現地で採用したスタッフは当然英語を喋るし、コンピュータも英語入力に限定されてしまったし、「はあ……」

苦しい。

日本の本社で浩之が所属していた集中管理課は、全社員のプロフィールや業績を一手に集め多岐に亙《わた》る依頼内容に対応すべく、適任なメンバーをどう的確に配置するか、が、その仕事内容であり、浩之の得意とする分野でもあったのだが、人員の少ないニューヨーク支社では、集中管理課と同じ機能を浩之個人の仕事として求められており、無論、やり方がわからないのではなく、もっと、ずーっと手前の所で、浩之は足踏みをしていたのだった。

いくら語学力が低いとはいえ、こちらに来てから自分らしさをまるきり表現できていないような気がして、それが、歯痒《はがゆ》い。

疲れたなんて一人前のセリフ、他のスタッフの後ろをついてまわっているだけの今の浩之にまだ口にする権利はないが、それでも全身に広がるこの倦怠感《けんたいかん》は、どうしようもない。

「沢地《さわじ》さん……」

うっかりと呟いてしまった名前に、いきなり気持ちが騒がしくなる。

強者揃いの七人のデザイナーたち。中でも傑出しているのがチーフの肩書をいただいているオールマイティな諸麦卓《もろむぎたく》と、頑《かたく》なまでにファニチャー専門の沢地淳《あつし》の、ふたりである。

諸麦を実力派と呼ぶならば、沢地は紛うことなき天才肌だ。沢地のデザインする家具を求めて、黙っていても世界中からオファーが集まる。

特別な人には、特別な待遇。外出嫌いの沢地御大は社内で唯一出社義務がなく、よって、お越しいただくまでもなくこちらから伺わせていただきます、の方針で、会社から沢地の仕事のフォローをすべく〝特務〟という肩書の担当が設定され、派遣されていた。

今からほんの四カ月前、浩之はその特務に任命され、うっかり一目惚れしてしまった沢地へ玉砕とクビを覚悟で告白し、紆余曲折《うよきょくせつ》はあったもののめでたく両思いになれた途端の海外転勤決定、履行。

ニューヨーク転勤にあたり会社からは住居として、ネット環境も整ったこの家具付きアパートメント、アメリカ国内用の携帯電話、そして留守番機能付の固定電話を用意してもらっていた。どちらの電話も常識の範囲内であれば自由に使ってよいといわれているが、浩之はポケットにプリペイド式の国際コーリングカードを確認すると部屋を出て、ブロードウェイストリートに面したアパートメントの入り口のそば、いつもの公衆電話へと足早に向かった。

会社から提供された環境で、ではなく、自分の支払いで沢地へ電話をしたい。調べに調べた結果、最もコストパフォーマンスが良かったのがコーリングカードを利用することだった。それも公衆電話からの利用が、ベストマッチだったのだ。

昔とは比べ物にならないほど犯罪が激減しているマンハッタン、こんなに遅い時間でも出歩く人の多さに、それが表れているのかもしれない。

今では耳に馴染んだビーッという独特な電話の発信音、まずは1を押し、カードのアクセス番号やPINコードの入力をし、日本の国番号や先方の電話番号など、たくさんの数字を押してコールを待つ。やがてラインが繋がって、聞き慣れた（日本の）軽やかな呼び出し音が耳に響いた。

「電話には出ないから」

別れ際に宣告されたとおり、沢地は浩之からの電話には出ない。

「きみが百回メッセージを残すまで、電話には出ないから」

ニューヨーク転勤の辞令が出てすぐに、特務は浩之から次の人へ引き継ぎされた。辞令から出発までたった数週間しか猶予がなく、しかも一年かかるか二年かかるかという転勤ではもちろん住んでいたアパートも引き払わなければならず、通常業務もこなさねばならず、それどころか転勤の準備が上乗せされ、身辺の整理やなんやかやと、せっかく、やっと、恋人同士になれた沢地と一緒に過ごせた時間は、ほんの僅かだったのだ。しかも出発日が近づくにつれ駆け込みの仕事や送別会、最後の挨拶回り（その中に沢地御大も含まれていたのだが、上司が一緒では……）、等々で忙殺され、浩之が特務のままであれば仕事中に毎日電話ができたのに（それも仕事の一環なので堂々と）部署違いになっては仕事中に私用電話などかけるわけにもいかず、出発日の、文字どおり出発間際の空港ラウンジの公衆電話から電話を入れると、

「まあ、気をつけて行ってくることだね」

冷ややかに言われてしまったのだった。

「沢地さん……！」

大の男が泣きそうになった。会いたかったのは浩之こそだ。海で大嵐に見舞われた小舟のよ

うに、出発までスケジュールに翻弄されまくり、ちょっと抜け出して沢地に会うなどと、とてもできない状態だった。――ぶっちゃけ、毎日が疲労困憊《こんぱい》であった。アパートの部屋の玄関を上がった先で靴も脱がずに寝落ちしていたことも、一度や二度ではない。

続ける言葉をみつけられずにいた浩之へ、ちいさく溜め息を吐いた沢地は、

「ハッキリ言うよ。わたしはね、きみの愛情を疑っているんだよ」

――やはり、そう思われていましたか！

「忙しいのは確かにそうだろうけれどね、会いに来られないのはともかく、きみ、電話くらいはできただろう？」

ならばメールをやりとりすればよかろうとお思いでしょうが、残念ながら、人間嫌いで出社拒否だけでなく、メールもお嫌いな沢地御大。――理由はあるが、それはそれとして。

沢地に電話！　と、ハッと思いつくのはたいていが真夜中過ぎで。すこぶる華やかな外見に反してこの人は、どんなに遅くても午後十一時には寝てしまうし、規則正しい生活を乱されるのがなにより嫌いなのだから、そんな時間に電話しようものならば、お叱りを受けるのが目に見えていた（という過去が、実際にあった）。

浩之は、迷った。

それでも、場合が場合なのだから電話するべきだろうか。それとも、今まさに大倉《おおくら》商事の重要な仕事を抱えている沢地のコンディションを第一に（なんといっても浩之は、元特務なのだから）ここは自粛すべきであろうか。

毎日のように逡巡《しゅんじゅん》を繰り返して、ようやくの電話が、飛行機の出発直前。

「すみませんでした！」

浩之は潔く謝る。「できなかったことの言い訳はしません。でも、したくなかったわけではないです。俺だって――」

電話どころか、毎日だって会いたかった。顔を見たかった。触れて、抱きしめて、もっと沢地のいろんな表情を知りたかった。

欲望も衝動もあったけれど、本音を言えば、あったからこそ、沢地の気持ちもおかまいなしに突っ走りそうな自分が怖かった。沢地が大切にしている生活習慣も、仕事に向けるコンディションもぶち壊す勢いで、沢地を求めてしまいそうな自分を予感していた。

大好きで、大切な人なのだ。

沢地に嫌われたくなくて（それがなにより最優先事項だった）、だから中途半端に立ち往生していたのである。

すべてが裏目に出てしまった。

言い訳なんか思いつくはずがない。俺だって、と、言いかけて、またしても言葉に詰まってしまった浩之へ、

「――それで？　この電話の用件はなんだい？」

この期に及んで、なにか用かい？

呆れた様子を隠しもせずに、沢地が訊く。

「あっ、あの、むこ、向こうに着いたら、電話します」

「へえ」

「毎日、ちゃんと、電話します」

「いいよ別に、無理しなくても」

「沢地さんさえかまわなければ、時差もありますし、おかしな時間でもかまわなければ、もうお休みになってらっしゃるようなら、留守電にメッセージ、残してもいいですか？」

時間さえ区切られなければ毎日電話をかけることは難しくない。――ああそうか、そうだよ留守電！　こんな簡単なことに今頃気づくなんて！

留守電を使えば良かったのだ。浩之こそ、沢地と話したかったがために、一方的にメッセージを残す発想がすっぽりと抜け落ちていた。ただしひとつ条件がある。仕事に集中しているときに電話の着信音で邪魔されるのを嫌い、睡眠を着信音で邪魔されるのも嫌う沢地には、事前に了承を得ておく必要がある。だが、もっと早くに気がついて、沢地の許可さえもらっておけば、そしたら真夜中だろうと明け方だろうと気兼ねなく電話できたのに。メッセージで想いを伝えられたのに。

「それはかまわないけどね、七瀬くん。――電話には出ないから」

「はい？」

「わたしは、きみからの電話に出るつもりはないから」

「――は？」

「言ったろう？　わたしはね、きみの愛情を疑っているんだよ」

「いや、でも……」

「疑われるのが不本意なら、証明してみせることだね」

証明？

「そんなものを求められずとも、俺、沢地さんのこと、あ――」

言いかけて、浩之は慌てて周囲を窺うと、通話口を手のひらでガードして、「――いしています。誰よりも」

小声で力強く伝えた。

「あと、百回」

「え？」

「きみの、わたしへの気持ちを、あと百回、留守電に残しなさい。そうしたら、電話に出てあげよう」

ええーっ!?

「ひゃ、ひゃっかい、ですか？」

「一日一回メッセージを残すとして、三ヵ月以上かかるね、七瀬くん？」

愉快そうに沢地が続ける。

「ちょ、待っ、や、――あの、一日一回しか電話かけちゃいけないんですか？」

百回のノルマをクリアするのに、一日一回の縛り付きなのか？

「そんなことは言っていないだろ。何回かけるにしろ、そんなのはきみの自由だよ。だからといって、立て続けに日に何度も電話されたところで、愛情を信じるどころか、却って疑われるのがオチだろうけどね」

「……はあ」

沢地さん？　それって、かねあい、ひどく難しくないですか？

『——前以《もっ》て断っておくが、わたしはけっこう、ヤなヤツだよ』

付き合い始めの自己申告どおり、かなり手ごわい沢地淳。浩之が特務を担当していたときと同様に、またしても、遠慮なく辛辣な要求を突きつけてよこした。——今回に関しては完全に自業自得なんですけど。

「とにかく。きみが百回メッセージを残すまで、電話には出ないから。それじゃ」

プツリと電話が切られる。

「——マジかよ、おい」

公衆電話の受話器を握りしめたまま、浩之は途方に暮れた。

わからずやの、厄介な恋人。

それでも、——それが今は、ひどくありがたい。

沢地の声で留守電のメッセージが流れる。

留守録を促すピーッという発信音の後、

「もしもし？」

言いかけて、浩之は、黙る。

電話を切って、もう一度。

【沢地です、ただ今、電話に出ることができません。ご用件のある方は、お名前と連絡先を発信音のあとにお残しください】

最後まで聞いて、また、かける。

【沢地です、ただ今――】

月の光のようなひんやりとした美貌の、沢地淳。やや低めのバリトンの声も、抑揚の少ないさらりとした口調も、懐かしくてならない。

あの日、空港の出発ロビーで茫然とした浩之だったが、あの無茶ぶりのおかげで、他の誰でもない、当の沢地にすら憚《はばか》ることなく、何度でも沢地に電話をかけることができるのだ。

ヨーロッパに住む前恋人と、年に数度しか会わずにいても平気だった沢地は、基本的に恋愛に淡泊である。浩之とは仕事柄ほとんど毎日接点があったが、恋人同士になって以降も、仕事のときは仕事の顔、甘い雰囲気になることもなく、きっちりと仕事をこなしていた。

人づきあいにも淡泊で、外出はせず、滅多に来客もなく（沢地に会いたがる人は、それは多かったが）、どんな電話も用件のみで切ってしまい、そんな沢地と、もし、仮に、世の一般的な恋人同士のように長距離恋愛が始まったばかりで盛り上がったとしても、毎日かかってくる浩之からの電話に、おそらく一週間もしないうちに、しつこいウルサイ毎日なんてかけてくるんじゃない、と、拒絶されそうな気がした。いや、される。沢地に限っては間違いなく、迷惑がられる！

だから、感謝していた。

浩之の一方通行だからこそ心置きなく電話ができる。それを沢地が許してくれているから、どんな時間でも、気持ちを伝えることができるのだ。

それから、もうひとつ。

浩之がニューヨークに到着してすぐ、まずは「無事です」の報告も兼ねて沢地に電話を入れたとき、だらだら喋るとお叱りを受けそうなので簡潔にメッセージを残し、電話を切り、浩之はハタと気づいた。

——今の、沢地さんの声だった！

最初から電話機に内蔵されているいくつかの定番応答メッセージのうちのひとつを、沢地は使っていたはずだ。特務のときに何度か仕事でメッセージを吹き込んでいたので、その記憶に間違いはない。

それが沢地の声で再生されたということは、沢地自身が応答メッセージを吹き込んだということで、どうしてこのタイミングでわざわざ吹き込んだのか、真意はわからないまでも、素直に浩之は嬉しかった。

——沢地の声が聞けたから。

後日、浩之は更に驚いた。

同じ内容の応答メッセージなのに、微妙に雰囲気が違っているように感じたのだ。それは気のせいではなくて、翌日のメッセージも、その翌日も、雰囲気が変わっていた。そしてわかった。浩之が毎回、気持ちを込めてメッセージを残しているように、沢地は毎日、応答メッセージを録音し直してくれていたのだ。――まるで〝返信〟のように。

沢地家の留守番電話のメッセージが沢地御大の声に変わっていると気づくのは、現在の特務を始めとしてそれなりにいるだろうが、毎日変わっていることを、その差に気づけるのは、毎日電話している浩之だけ。

ああ、なんという贅沢《ぜいたく》――。

【沢地です、ただ今、電話に出ることができません】

四度めの沢地への電話。【ご用件のある方は、お名前と連絡先を発信音のあとにお残しください】

ピー。

話したいことがたくさんある。こちらの様子やいろんなこと。自分の話だけでなく、沢地の近況が知りたい。それら一切合切を、
たったひとつの言葉へ託す。

「……愛しています、沢地さん」

百回、愛を伝えられる、そのしあわせ。

受話器を戻し、浩之は公衆電話から離れ、アパートへ帰る。

愛しています、沢地さん。

百回なんかじゃ言い足りないほど、あなたのことを想っています。

◇◆◇　2　◇◆◇

「あれ、電話番号、間違えたかな?」

昼休み、例によって最寄りの公衆電話から沢地へ国際電話をかけていた浩之は、

【ただいま、電話に出られません。御用の方は、おかけ直しください】

という、機械の応答メッセージに首を捻《ひね》った。

指がとっくに覚えている、目を瞑ってでも押せる番号を押し間違えるはずがないと思いつつも、念の為、今度はゆっくり、確実に、数字をプッシュした。

ところが聞こえてくるのは、さきほどと同じ機械のメッセージだ。

さすがに動揺する、こんなことは初めてで。

「な、なんだなんだ?　どういうことだ?」

突然、沢地の気が変わり、応答メッセージが機械ものになってしまったことは、百歩譲って仕方がないと、思おう。——ショックだが、仕方がないと、思おう!　だが、「おかけ直しくださいってのは?　これだと、メッセージが残せないじゃないか……!」

浩之には絶望的な仕様変更である。

昨夜、仕事が終わった真夜中に沢地へ電話をしたときは、沢地の声で、いつもと同じ内容の応答メッセージが流れていた。——昨日の夜とは、少しだけ雰囲気の異なる。

ああ、今日も、録音し直してくれている。

嬉しくて、しあわせな心持ちのまま、最近、仕事に自分の居場所を見出せるようになってきたことを、やり甲斐《がい》が感じられるようになって、語学の問題だけでなく、こちらの習慣にもどうにか馴染めるようになってきて（勝手が、少しずつわかるようになってきたのだ）、ようやく、いろんなことが順調に回り出してホッとしていると、留守電に残したのだ。

ニューヨークでの生活がスタートしてかれこれ三カ月、プロジェクトもどうにか軌道に乗り始め、まだまだ課題は山積で、いつ日本に帰れるのかはまるきり不明だけれど、元気にしているし浮気もしてないし、また明日電話するからと、おやすみなさい、愛してますと、そうして電話を切ったのが、今からおおよそ十二時間前。

「そういえば沢地さんとこの留守電って、録音のICメモリーが一杯になっちゃうと、伝言を消さない限り、自動的にメッセージが録音不可のものになるんだったな」

おかけ直しください、とは、そういうことか？

つまりそれは、浩之のメッセージを、沢地は消さずに取ってあるということか？

「——いや、それはないいな」

浩之は冷静に、否定した。

機能としては最大三十件しかメッセージを保存できなかったはずだ。最大というのは、録音件数以外に録音のトータル時間も限られているので、全部保存していたとしたら、先々月のうちにこの状態になっていたはずである。

ならば、これは、どういうことだ？

考えたところで浩之に、沢地の考えは見当もつかない。あの人は、独特なのだ。——あの人は、特別なのだ。

「いいや。また夕方に、電話してみよう」

それで駄目なら夜にかけるし、真夜中だろうと明け方だろうと、何度でも電話する。

——だって、まだ百回、伝えていない。まだ百回、メッセージを残せていない。

それでもどうにもならなかったら、

「恥を忍んで、諸麦チーフに電話（相談）しよう」

浩之と沢地の仲を知っている唯一の人であり、浩之が尊敬してやまない諸麦は、チーフとはいえ一デザイナーである枠を超え、T企画を支える三本柱のひとりであり、沢地の学生時代からの親友でもある。

と腹を括ったにもかかわらず、沢地の留守電の一件は浩之には相当応えているらしく、午後からケアレスミスの連発で、スタッフにからかわれることしきりであった。

「やばいくらい心ここにあらずだな。七瀬、いいよもう、今日は上がれよ」

ニューヨークへ来てからは最低でも五時間の残業が当たり前になっていたのだが、今の七瀬にコンピュータなんか触らせていたらとんでもないことになりそうだと、チーフにより定時の強制帰宅命令が出された。「その代わり、明日もこんな調子だったら、気合を入れるべくナイアガラの滝に打たせるぞ」

十一月の下旬に聞かされるジョークとしては、マジで寒いものがある。実際にはナイアガラの滝に打たれることはできないのだが、そもそも船でないと近づけないし、滝行するどころかあの巨大な滝壺《たきつぼ》では溺《おぼ》れて死にそうだし、いや、そうではなくて、それくらい、午後からの浩之は、まったく使い物にならなかったということで。

服装だけはすっかりニューヨーカーらしく、丈の長い黒いコートを羽織ってアパートメントまで帰る途中、いつもの公衆電話で足が止まった。

帰りがけのコンビニで買い足した、何枚目かになる、チャージができない（ので、通話料がお得である）使い捨てタイプのプリペイド式コーリングカード、スクラッチ部分を削りＰＩＮコードの確認をして、例によって、たくさんの数字をプッシュする。

だが、呼び出し一回で、浩之は受話器をフックに戻した。

こんなコンディションで電話なんかしたならば、絶対、沢地に叱られる。けじめを重んじる沢地のことだ、留守電メッセージが変わったことが気になって仕事で粗相続きでした、なんて知ったら、きっと、絶対に、憤慨する。

自分に都合の悪いことは話さなければいいのだが、勘の良い沢地、その鋭さゆえに、どのみちバレる。

「——駄目だ」

明日ちゃんと仕事をして、それから、電話しよう。

そう決めて、部屋へ帰った。

薄暗い室内の電気を点けて、ヒーターのスイッチを入れる。コートを脱ぎ、背広を着替え、冷蔵庫からビールを取り出して、ソファに座る。

と、固定電話の留守電ランプが点滅しているのが、目の端に映った。

「へえ、珍しい」

ニューヨークへ来たばかりの頃は面白半分で続々と電話をかけてきた友人たちも、二ヵ月目にはすっかり音沙汰《さた》がなくなった。家族も似たようなものである。浩之がしょっちゅう留守なせいもあるのだが、急ぎの用向きならば携帯の方へかけてくるし（発信はアメリカ国内のみだが、着信はどこの国からでもOKで。だが残念なことに、日本国内からかけると馬鹿高い料金がかかり、国際電話の着信には、受けたこちらにも利用料がかかるという）、もしくは会社のコンピュータに（日本語に対応しているので）メールを送ってよこすし、そんなこんなで、固定電話には活躍の機会がほとんどなかった。

タイミング的に、もし沢地が普通の感覚の持ち主なら（それはもう沢地ではないが、それは一旦、措《お》いておいて）、固定電話の留守録設定がおかしくなってしまったから、こちらから電話したよ。なんてメッセージが、あれに吹き込まれている可能性が、なくは、ない。

だが沢地は沢地なので、そんな夢のような展開は、あり得ない。

「よっこらせっ、と」

なんだかひどく重たく感じる体をソファから起こして、電話へと。

録音再生のスイッチを押すと、

『もしもし、七瀬、元気でやってるか？』

「諸麦チーフ⁉」

浩之は跳び上がらんばかりに驚いた。というか、これって、以心伝心というやつか⁉

いや、だがしかし、諸麦なら、こちらのオフィスに直接電話してくればいいのに、どうして浩之のアパートの電話に？

『こんな早朝に済まないが、留守電に切り替わったということは、七瀬の睡眠の邪魔はしてないということだな。良かった、良かった』

「早朝？」

ということは、浩之が今朝、起きたときには、既に留守電ランプは点滅していたということか。――寝起きのよろしくない浩之は、半分眠ったままで朝の支度をしているので、まるきり気づかなかったけれども。

『沢地から伝言を頼まれたんだ。はい、メモの用意』

「え？　え？」

浩之は慌てて、ハンガーにかけた背広の胸ポケットからボールペンを抜き、紙を探す。「こんなときに限ってなにもない。いいや、これで」

郵便受けに入っていたダイレクトメールの封筒、余白を利用させてもらおう。

『準備はいいか？　では。あまりに諸麦がウルサイので、――あ？　なんだアイツ、この文面は。コホン。あまりに諸麦がウルサイので、携帯電話を持つことになりました。出張でしばらく留守にするので、ノルマについては携帯へどうぞ』

「そうか、マジで留守だったんだ、沢地さん」

出先から浩之のメッセージを聞くことはできても、応答メッセージを録音し直すことができないから、だからおかけ直しください、だったんだ。「……はあぁ、良かった」

理由がわかって、心底安堵した。

沢地の携帯番号をしっかりメモして、

「それにしても、沢地さんが携帯かあ。時代は変わったなあ」

現役モデルにも引けを取らないあんなにお洒落でイマドキなルックスをしているのにもかかわらず、シンプルでアナログな生活を好む沢地の部屋には、ほぼハイテク機器が存在しない。デザインにすらコンピュータを使わないという徹底ぶり。――沢地から渡されたデザインを元に3D画像へと処理してゆくサポートチームは、ばりばりに使っているが。

常に自宅にいるのでそもそも携帯電話を持つ必要性がなく、その沢地が携帯電話を手に出張とか、例の大倉商事のホテルの仕事がいよいよの大詰めで、さすがの沢地も現場に出向かなければならなくなったのかもしれない。それほどまでに沢地は、現在抱えている大倉商事のホテルの仕事を重要視しているのだな。

「それはそうか、その為に、他の仕事をすべてキャンセルして引き受けたんだものな」

社長直々に託されたとはいえ、沢地の覚悟がいかほどのものだったかは推して知るべしだ。

『ところで七瀬、沢地を怒らせたそうじゃないか。早く仲直りするんだぞ、でないと、とばっちりがこっちに来る。携帯の電話番号を伝言するくらいは造作ないが、なにごとにも淡泊なクセして、どうしてか七瀬のことに関してはやけに頑固になるところがあるから、こじれると厄介だぞ。じゃあな、くれぐれも体には気をつけて、仕事、頑張ってくれよ』

ありがたい忠告を拝聴しながら、浩之は頰が熱くなるのがわかった。

つくづく愛されてるよな、七瀬。と、からかわれているような気がしたからだ。

「なんだ、朝のうちに諸麦さんのメッセージに気づいていれば、沢地さんちの留守電に、あんなに動揺することなかったのに」

会社の人たちにも、余計な心配をかけずに済んだのに。

メモを手に、コートを着直して外へ出る。

沢地の声が聞きたい。沢地の携帯電話の留守録機能に、固定のメッセージ以外の自作のものが使えるシステムがあるかどうかはわからないが、——沢地の応答メッセージが聞けるかどうかはわからないが、少なくとも、浩之のメッセージは残せるのだ。

逸る気持ちを抑えて、コーリングカード経由で沢地の携帯番号をプッシュする。

「……圏外とかだと、イヤだなあ」

せっかくかけても繫がらない。

まるで、生まれて初めて〝好きな人〟に電話をかけている中学生のように、やたらドキドキと緊張した。

祈りが天に通じたか、何度目かのコールのあと、繋がった。

『沢地です。ただ今電話に出られません。のちほどかけ直しますので、メッセージをどうぞ』

え……？

かけ直す？

なんと、初めてのパターンだ。

不意打ちに、浩之は動揺する。

かけ直してもらえるのを想定して電話をしたことなどなかったから、しかも、それを、沢地の声で言われたりしたら、どうしていいか、わからなくなる。

大丈夫か浩之、あの沢地さんから折り返しの電話がかかってくるかもしれないんだぞ。心臓が保つか？　平静でいられるか？　いられないよな、無理だよな。既にこんなに、興奮しちゃってるんだものな。

「あ、えーと、な、七瀬です。諸麦チーフから、この電話番号を聞きました。や、あの、すみません、なんか、いつもと勝手が違ってて、なにをどう話せば、その……」

そのとき、

「いつもどおりに話せばいいだろ」

いきなり耳元で声がした。受話器を当てている左耳だけでなく、右耳からも、ステレオで。

ギョッとして振り返ると、そこに、携帯電話を手にした沢地淳が立っていた。

沢地は携帯の通話を切ると、

「驚いたな、きみ、ニューヨークに来ても、わたしにかけるときは公衆電話からなんだ」

なににも便乗せずに恋愛する誠実なところ、変わっていないんだね。

「さわ、さわ、沢地さん、なんで、ここ――」

驚いたのは浩之の方だ。目を真ん丸く見開いて、何度も、何度も、まばたきをする。

沢地は指を伸ばして公衆電話の通話を切ると、ついでに浩之の手から受話器を取り上げて、フックへ戻す。

沢地の携帯は海外でも使える代わりに、ローミング料金がものすごいのだ。――と、あとで七瀬に教えてあげなければ。

「あの、幻とかじゃ、ないですよね？」

まだ信じられない。沢地がここにいる、なんて。

動揺しまくる浩之をからかうように、

「本物だよ」

軽く笑った沢地は、浩之の首の後ろを柔らかく引き寄せると、「会いたかった、七瀬くん」

囁いて、口唇へそっとキスをした。

縺《もつ》れるようにベッドへ倒れ込み、貪《むさぼ》るように沢地を抱いた。

強引でせっかちな浩之の行為に、けれど沢地は抗《あらが》わなかった。そうして、ふたりで、激流に翻弄されるようなセックスをした。

「今、何時だい……」

掠《かす》れた声で、腕の中の沢地が尋ねる。

枕元の目覚まし時計を上目遣いに見て、

「十二時を少し、過ぎたところです」

応えながら浩之は、沢地を抱く腕の力を強めた。

僅かに身じろいだ沢地は、

「苦しいよ」

言いながらも、そのまま気怠《けだる》げに目を閉じる。

帰ると言い出されるのを警戒していた浩之は、それでようやく、力を弛めた。

「沢地さん、荷物、ホテルなんですか?」

まるで近所へ遊びに来たように、手ぶらでふらりと現れた沢地。

「そうだよ」

「ホテルなんか取らないで、ここに泊まればいいのに」

「そうもいかないだろ」

沢地は目を閉じたまま、浩之の腕に指を滑らせると、「諸麦の伝言、聞いたんだろ? わたしは出張中なんだよ、七瀬くん」

——そうでした！

うっかりと、出社もしない、自分のマンションに引き籠《こ》もったままの沢地が、はるばる海を渡って自分に会いに来てくれたと感動したが、しばらく出張で留守にすると伝えられていた。大倉商事のホテルの仕事がいよいよの大詰めで、さすがの沢地も現場に出向かなければならないのかなと、そんなふうに思ったことも沢地に会えた衝撃で、一瞬にしてすっ飛んで行った。

「尤も、仕事をするのは諸麦の方で、わたしはただの付き添いだけどね」

「——はい？」

会社としては言うなれば門外不出の沢地御大が、ただの付き添い？

「もしくは、ニューヨークへ出張することになった諸麦に、便乗したとも言うかな」

腕を撫でていた沢地の指が、浩之の顎《あご》に触れる。

「沢地さん……？」

自分の顔に触れる沢地の指をぎゅっと握って、「それ、つまり、それって、つまり、俺に会いにきてくれたってことですよね？」

声が震えた。

可笑しな繰り返しで確認をする浩之へ、

「痛いよ、指が折れそうだ」

沢地は相変わらずのマイペースだ。

「あっ、すみません！」

急いで力を弛めた浩之へ、沢地がくすっとちいさく笑う。

さらりとした長い前髪に隠れていたガラス玉の目が細められる。

見えない左目。視界の不自由さが沢地の行動範囲を狭めさせ、外出嫌いの沢地を作った。その沢地が、本当に、浩之に会うために、はるばるニューヨークまで来てくれた。

『会いたかった、七瀬くん』

あれがすべて。

浩之にとって最高の言葉を携えて、沢地が会いに来てくれた。

そっと、沢地の左目のまぶたに指の腹で触れた浩之は、

「痛くないですか？」

目を酷使すると、たちまちひどい頭痛に苛《さいな》まれる沢地。

「平気だよ、飛行機の中では眠りっぱなしだったからね」

されるがままに左目を閉じた沢地は、「おかげで、時差ボケにもならずに済みそうだ」

「ということは、諸麦チーフからの早朝の電話、もしかして、成田空港から？」

「飛行機に乗ってしまったら、電話できないだろう」

「搭乗前にわざわざ。——あの、チーフに伝言のお礼、伝えてください」

「自分で直接言えばいいだろ。どうせ明日、オフィスに顔を出すんだから」

「えっ、そうなんですか？　でも、本社から連絡、来てないような……？」

もし明日諸麦たちが来社すると知らされていたら、今日は一日、その話題で持ちきりだった

はずだ。だが誰も、そんな話はしていなかった。「もしかして伝達ミスですか？　まずい！　急いでチーフに知らせないと！」

　連絡すべく携帯電話へ手を伸ばした浩之を、

「ストップ」

　沢地が止める。「ナイショだから。明日の朝、スタッフをびっくりさせる計画なんだから」

「サプライズってことですか？　や、それは、わかりました、が、……でも、せめて俺にだけでも教えてくれれば、空港まで出迎えに――」

「いいんだよ、今回は」

　当の諸麦ですら休暇を装い、本社の誰にも知られずにニューヨークへ発《た》ったのに、みすみす七瀬に連絡してどうする。「本社も把握してないんだから」

「えっ⁉　本社が把握していないとは、え、なにが起きてるんですか？」

「そんなことより七瀬くん、三カ月は長かったかい？」

「ど、どういう意味で、ですか？」

「いろんな意味でだよ」

「長かったような、短かったような。てか沢地さんこそこの三カ月、どんなふ――あ！」

　この時期は、まさに、「大倉商事の仕事が大詰めの時期じゃないですか！　ややいいいんですかっ、こっ、こんな所にいて！」

「いいんじゃないのか？　諸麦から、クレームは出てないよ」

「でも、でも、あの」

だって、大倉商事のホテルの仕事は社長命令だったじゃないですか。ここ数年で一番の大口の仕事で、その為に、他の仕事を全てキャンセルしたほどの、重要な。

「仕事に差し障るなら、あのクチウルサイ諸麦が、わたしをニューヨークへ連れて来るわけがないだろう？」

「や、それは、そうですけども」

「頭の巡りの悪い男だな。常識で考えるように。デザイナーが晴れてフリーで動けるということは、どういうことだい？」

「抱えてた仕事が終わった、ということです。——えぇーっ!?」

自分で言いながら、浩之はびっくりした。「マジで？　え、マジに、終わったんですか？」

「終わらせたんだよ」

「もしもし？　ニューヨーク支社の抜き打ちチェックを社長に頼まれて、来週ニューヨークへの出張が決まった。どうする、沢地？」

いきなり電話をかけてきた親友は、「ついてくるならチケットを手配するよ、どうする？」

笑いながら、重ねて訊いた。

食事より恋愛よりなにより仕事が大好きなワーカホリック。と周囲から認識されている諸麦卓と沢地淳。高校からの腐れ縁で似た者同士のふたりは、なんと、本命が現れた途端に仕事と恋愛が比べられないほど大事になってしまった、というところまで、そっくりだった。

「そんなこと、急に訊かれてもだな」

さすがの沢地も、この不意打ちには動揺した。

「そろそろ七瀬に会いたいだろ？」

だから続けてそう訊かれたとき、素直に答えてしまったのだ。

「ああ、会いたいよ」

左目を失い、どうにか残った右目を酷使しないよう、無理なスケジュールで仕事はしない。インテリアデザイナーという仕事を一日でも長く続ける為に、それは死守すべき方針であり、期待と重圧がかかった大倉商事の仕事でも、その方針に変わりはなかった。

けれど、毎日、七瀬からのメッセージが届くたびに、耳にするたびに、切ないくらい、会いたくなった。

ニューヨークへ到着し、ホテルへチェックインを済ませてから、（充実した機内食のおかげでさほど空腹ではなかったので）諸麦と軽めの夕食を摂《と》り、そのあと一旦は部屋へ戻ったものの、沢地は散歩がてら、外へ出た。

明日には会社で七瀬に会える、諸麦のサプライズに便乗する形で。

連日七瀬の帰宅は深夜との情報を得ていたので、不在と承知で、どんな所に住んでいるのか外観だけでも見ておこうと思った。

会社が社員に提供している部屋は、どれも会社からそんなに離れていない。七瀬のアパートメントもホテルも、徒歩圏内であった。

と、突然鳴り出した携帯電話にそれはもう驚いて、しかも、アパートのそばの公衆電話に七瀬の背中を見つけて、奇跡のような偶然を、心から感謝した。

なんてことは、素直に教えてはあげないけれど。


「終わらせた、って、じゃあ、やっぱり沢地さん、俺に会う為に……？」

「ほーら、感動しただろう？」

相変わらずの沢地の煽《あお》りに、

「……だから、そういうデリカシーのない訊き方、やめてくださいってば」

こんなに繊細で、どこもかしこも綺麗な綺麗な造形をしているのに、この人は、どうしてこう、身も蓋もないセリフを平然と吐くのか。

「それにしても、あんなにタイミング良く、七瀬くんに会えるとは思わなかったな」

「俺もです。いや、俺こそ、です。というか、沢地さん、まだ百回じゃないのに、あのとき、どうして俺からの電話に出てくれたんですか？」

「うっかりね」

留守電のままにしておくつもりだったのに、気づいたら通話ボタンを押していた。

「うっかり？　つい、うっかり？」

「そう、うっかり。不満かい？」

「いいえ！」

浩之はふるふると首を横に振る。「あの、それから、応答メッセージ、わざわざ毎日録音し直してくれたのは、どうしてですか？」

やっぱり気づいていたんだ、七瀬くん。

「なに、不満かい？」

「違いますよ！」

「だってきみ、もしきみが電話番号を押し間違えて、よそのお宅の留守番電話に、気づかずにあんな伝言を残したら、わたしまで恥ずかしいだろ？　内蔵されている応答メッセージなんてどの家も似たようなものなんだから。だから、自分で吹き込むことにしたんだよ」

間違い電話の防止に？　——なあんだ、そうだったのか。

「最初のきっかけは、そうだった」

沢地は、お気に入りの浩之の顎の線を、ゆっくりと指で辿る。「そのあとは、きみに憐《あわ》れを感じて、情けをかけてあげたんだよ」

飽くまで強気な沢地の説明に、浩之の頬が徐々に弛んでゆく。——六つも年上なのに、どうしてこう、この人は、たまらなく可愛いんだろう。

沢地の手へ、今度はそっと手を重ねると、指の間に一本ずつ、指を絡める。

視線を落とすと、まだ汗の引ききらぬ沢地の白い裸体が薄闇に浮かぶ。まだ充分に情事の余韻を残した、浩之にはなまめかしくてたまらない、白い肌。

視線に熱を感じた沢地は、

「若いね、七瀬くん」

からかいながら、誘うように目を閉じる。

「沢地さん……」

ゆっくりと体重をかけてのしかかると、沢地の口から微《かす》かに吐息がこぼれた。

『会いたかった、七瀬くん』

口先でどんなに素っ気ないことを言われても、いつもあなたが俺に会いに来てくれる。

大倉商事の仕事を、どんな無理をして、終わらせたのだろうか。

沢地さん。

「……沢地さん、俺も、会いたかった、です」

囁きに、閉じられていたふたつの瞳が浩之を見た。

ガラス玉の瞳と、ガラス玉のような瞳とが。

「愛してます、沢地さん」

心からの告白へ、

「わたしもだよ」

浩之の肩へ額を寄せて、沢地が囁いた。

TAKE A CHANCE

「意を決して打ち明けるよ」

人気のない体育館の裏に呼び出され、

「好きなんだけど、つきあってもらえないかな」

そう告白されたのは、先週のことだった。

夏休みに入って一回目の登校日、全校集会の後で隣のクラスの東《あずま》に呼び出されたのだ。

唐突な申し込みにさすがに驚いた博人《ひろと》は、マンガみたいだとしょっちゅう周りにからかわれている、分厚いレンズのメガネの奥で三回まばたきして、意を決した――と言うわりにはまったく照れたふうでない東を眺めた。

同性相手に告白するなんて（普通は）随分と勇気が要るだろうに、東は「明日、映画にでも行かないか」と誘っているように、どうってことなく口にした。

――ああ、これは。

そうか、またか。

少しだけ、気持ちが沈む。

「……いいけど、別に」

東から、どうってことなく言われたから、だから博人もアッサリと返した。断わる理由もなかったから。また傷つきそうな予感がしたけど、それは、断わる理由にはならないから。

「じゃあ連絡先、交換しよう」

東はいそいそとスマホを取り出す。

「スマホは持ってないです」

博人が言うと、

「え。あ、そっか。——へえ、イマドキ……」

東は不思議そうに、博人を眺めた。


「ヒロト、電話だよ」

ノックもなしにドアが開いて、明人《あきと》が顔を覗かせた。

机に向かって夏休みの課題を片付けていた博人は、

「——わかった」

動くたびにぎしぎしきしみをたてる椅子を回転させて、立ち上がった。

「城東《じょうとう》のアズマだって」

手渡された固定電話の子機。「佐々木《ささき》さんと喋ってる最中に、キャッチホンで割り込みされたんだ」

なのにキャッチホンを無視しなかった自分を褒めてよ、と、いわんばかりの明人。

自分への電話かと思ったから、キャッチにも出たんじゃないの？　思ったけれど、口にはしない。

佐々木の名前を耳にして、忘れかけていた胸の傷がシクリと痛んだ。ほんの数カ月前まで、佐々木と話していたのは博人の方、だったのに。

「てかヒロト、なんで自分のスマホにかけさせないんだよ」

なんでもなにも、スマホの番号、教えてないし。

クラスの連絡網には家の電話番号を載せている。東は隣のクラスなので、うちのクラスの誰かに訊いて、勝手にかけてきたのだろう。

明人こそ、スマホはあるのに相手には家の固定電話にかけさせる。スマホの音質が苦手だとかなんとか言って。実際は、割り込み通話の対応が明人のスマホより家の固定電話の方が簡単だからだ。もちろんメアドも教えない。不便な方がスルーの言い訳がしやすいから。

どこまでも自分都合なんだよな。

「さっさと切り上げてよね」

言いながら、明人はドアから離れない。

「わかってるよ」

子機を耳に当てると、案の定、通話は保留になっていない。──らしいな、明人。「もしもし、博人です」

「なあ、さっきの、弟？　名前、なんていうの？」

無愛想な東の、いつになく弾んだ声に博人は床へ視線を落とした。

「──明人」

自分の名前が出た途端、かったるそうにドアに凭れて博人を眺めていた明人の表情が、パッと輝いた。

「祠堂《しどう》学園に通ってるんだって？」

「そうだよ。詳しいね」

「俺も祠堂には友達がいるから。──双子なのに、似てないんだってな」

「一卵性じゃないからね」

愛らしいとか、綺麗とか、賢そうだとか、小さな頃から明人につけられる形容詞は、どれもうっとりするようなものばかりだった。性別に関係なく、誰もが明人と目が合うと、照れたようにはにかむのだ。

「……東くん、何か用かい？」

「えっ、あ、そう、よければ、一緒に夏休みの課題をやらないか？　──その、きみんちで」

「いつ？」

「できれば、……今日？」

「悪いけど、今日はだめなんだ。出掛けるから。それじゃ」

博人は人差し指でキャッチのボタンを押し、「お待たせ」

子機を明人に押しつけた。


「――ほーら、予想どおり」

机に頬杖をついて溜め息を吐く。

どこかで覚悟はしていても、やっぱり胸が痛くなった。

我ながら、馬鹿だと思う。愚かにも何度でも繰り返す。ウソでも好意を示されると気持ちが舞い上がってしまう。人からの〝好意〟はことごとく、明人のものだったから。

もしかして？　今度こそ、と、ほんの少し、ほんのほんのちょっとだけ、期待してしまう。でも結局、なにかのタイミングで、利用されているとわかる。――今回はやけに早かった。東くん、ボロが出るのが早すぎだよ。

男に好かれたいわけじゃない。男と恋愛したいわけでもない。違うけど、博人を利用しようとするのは圧倒的に男たちで――、何度味わっても、慣れるような苦さではなかった。

勉強机に座っていると、正面の腰高窓、風に吹かれて揺れている白いレースのカーテンの向こうに外が見える。家の門柱の陰に、背の高い男がウロウロしていた。

「やれやれ、また明人のおっかけか」

見かけない顔だ、新しいヤツだな。「入れかわり立ちかわり、ご苦労なことだ」

――おかげで落ち着いて課題すらできない。気にしたくないのに、目に入るから。

博人は勉強道具一式をまとめてリュックへ入れると、ピシャン！　とサッシの窓を閉めた。


「――でね、しょってるんだ。そいつ、ひとかかえもあるバラの花束をよこしてさ。わー、綺麗だなあ、ありがとう！　ってお礼はちゃんと言ったけど――」

二階の廊下と階段を椅子がわりに長電話する、明人の定番。聞こえよがしな大きめの声。ドアを開け、リュックを手に部屋から出てきた博人に気づき、「あれ、ヒロト、出掛けんの？」上目遣いに見た。――この眼差しに、たいていやられる。老若男女に関係なく。

子機の通話口を手で塞ぎもしない。それではこちらの会話が先方に筒抜けである。

そんな明人を、過去に佐々木は「おおらかだ」と誉めたけれど、博人には、ただの無神経としか思えなかった。

東に出掛けると言ったのは、口から出まかせだったけど、

「図書館に行ってくる。夕飯までには帰るから」

早口で応え、たたたと階段を下りると博人は玄関でスニーカーを履いた。

「――ん？　うん、それいいね。じゃあ明日、一緒に行こうか」

背後で、弾むようなお喋りが再開される。

「どこへでも行けよ」

呟いて、博人は後ろ手でドアを閉めた。

明人が無神経なら、類は友を呼ぶのだそうだから、博人を利用して明人に近づこうとする連中は皆、同類ということになる。

結局、彼らは自分のことしか考えていないのだ。利用された博人の心など、誰ひとり、これっぽっちも、考えてなどいない。

……気にしない。気にしない。忘れてしまえ。

「佐々木さんとだって、どうせ数ヵ月と保ちやしないんだから」

明人は佐々木とだけ付き合っているわけではない。

『口説いてくるのは、向こうの勝手』

それが明人の口癖だった。相手が好きで付き合っているわけじゃない。より取り見取りのつまみ食い。そんな明人に飽きられて、ある日ポンと捨てられても自業自得というものだ。

そのうち佐々木も捨てられる。

「けど、同情なんか、してやるもんか」

短いながらも父親ご自慢の石だたみを門まで行くと、例のおっかけが、門の陰からこちらを覗き込んできた。

「「ぅわっ!?」」

ふたり同時に叫びを上げる。もう少しで、ぶつかるところだった。

「あっ、危ないじゃないか！」

博人は勢い、怒鳴りつけてしまった。

「ごめん！　人が出てくるとは思わなくて！」

がばりと頭を下げた男は、「ケガとかない？　どこかで擦ったとか、ない？　大丈夫？」

心配そうに訊いてくる。

やけに背の高い男が、恐縮したように身を屈めて博人に訊く。博人より、頭ひとつ分くらいは大きそうだ。

「ごめん、本当に、ごめんね」

繰り返し謝られて、その柔らかな声に、博人はいきなり怒鳴りつけた自分が急に恥ずかしくなった。ムシの居所が悪かったのは、確かにそうだけれど、まるで八つ当たりのように怒鳴ってしまった自覚があった。この人には、とんだとばっちりである。

気まずさに黙ってしまった博人へ、男はふにゃりと笑うと、

「えっと、……こんにちは」

挨拶した。

博人と同じようなレンズの分厚い不恰好な黒縁メガネをかけた男は、笑うと、とても優しそうな印象になった。

——優しそうでもどうでも、僕には関係ないじゃんか。

「明人に用なんだろ？　家にいるよ」

とんだとばっちりだとわかっているのに、態度が突っ慳貪《けんどん》になってしまう。——この人のせ

いじゃないのに、違うのに、腹立たしさが止まらない。

いや？　完全には違わないぞ、博人。元凶は確かに別にあるけど、でも、明人のおっかけのこいつのせいで僕は図書館に行くはめになったのだ。だからやっぱり、八つ当たりのひとつやふたつ、されても仕方ないのだ。

わざわざ明人の名前を出してあげたのに、

「あ、俺は別に」

男は照れたように、顔の前で忙しなくチガウチガウと両方の手のひらを振った。

へえ、いかつい体つきのわりにシャイなんだな。

明人と同じ祠堂の生徒（先輩かな？）と推察していたが、近くで見ると高校生にしては年齢的な落ち着きがあって、夏休みで帰省した大学生あたりが（じゃあやっぱり祠堂の先輩かな）どうしても明人の顔を拝みたくて家の前をうろうろしていた、のかもしれない。

「――うん。妥当な線だな」

博人は納得して、歩き出す。

この男が何者でも、僕にはぜんぜん関係ないし。

だが、博人の後ろを、なぜか男がついてきた。

「っ!?　な、なんだよ」

「驚かせてしまったお詫びに、お茶でもどう、かな？」

男が遠慮がちに申し出る。

――と誘って、僕から明人のことをいろいろ訊き出したいわけだ。ふうん。

「……いいよ」

とばっちりのお詫びに、釣られてやるよ。

「良かった」

男がホッとしたように笑った。――笑うとやはり、優しい印象になる。

「駅前の、なんと言ったかな、スイーツが美味しくて有名な喫茶店、あるだろう？」

「もしかして〝リリア〟ですか」

え。リリア？　マジで？

「そう、多分それ、そこに行こう！」

威勢よく提案して大股で歩き出した男は、目の前の電柱に思いっきりぶつかった。

――けっこう、ドジな人かもしれない。


まず、教えてあげなければ。

「気の毒だけど明人のことは諦めた方がいいよ。あいつの好みは、とにかくハンサムで、長身で、スポーツ万能で、頭も良くて、金持ちで家柄が良くて性格も良くてその他諸々、とにかく残念だけど、あんたが該当してるのは背が高いってだけだものね。しかも、ドジだし」

リリアに着くまでに男は四回つまずいて、六回、何かしらにぶつかった。リリアに到着してからは手探りで椅子に腰掛け、コーヒーに入れるべきスティックシュガーを、目測を誤まり派手にテーブルにばらまいたのである。

だが忠告する前に、博人は尋ねた。

「もしかしてそのメガネ、度が合っていないのでは？」

ドジっ子体質なのかもしれないが、もしかして、ちゃんと見えていないのでは？

「えっ？　そ、そんなことはないよ」

男は両手でメガネのヒンジの辺りを押さえて、「ぴったり！　ぴったしカン・カン」

——その言い回し、百年前（？）のネタだよ、おい。

「……センスの古さも問題かもね」

「え？　なに？」

「別に」

博人は否定して、大好きなチョコレートパフェをパクリと食べた。——おいしい！

「どう？　おいしい？」

男が顔を覗き込んで訊く。——やけに嬉しそうに。

この柔らかい笑顔が曲者なのだ。こちらまで、笑ってしまいそうになる。

「まあまあかな」

明人の取り巻きたちから〝可愛げのカケラもない。少しは明人の爪のアカでも煎《せん》じて飲むべき〟と陰口を叩かれている、つまらなそうな表情で気乗りのしない返事をすると、

「そうなのかい!?」

男はテーブルの端に立て掛けられているメニューをバッと取り、「他のを頼みなよ、もっときみの好みに合いそうなもの！」

博人の前へ開いて見せた。

──そこまでご機嫌取ってくれなくてもいいよ。

喉まで出かかったけれど、口にした途端、自分がうんと惨めになるような気がして、博人はメニューを押し遣って、

「……それなりにおいしいから」

素っ気なく応えた。

本当はとってもおいしいのだ。ずっとずっと、食べたかったのだ。

いつも女性客で溢れているリリアに入るのには、たいそうな勇気が要る。ひとりでは絶対に無理だし、友人と一緒だとしても、女の子たちに囲まれながら男がチョコパフェをおいしそうにパクつく図、なんて、とてもじゃないが披露できない。

これが明人なら、むしろ「かっわいー」と盛り上がるだろうが、博人には似合わない。手放しでプレゼントを喜んでみせたり、満面の笑みでパフェをおいしそうに食べたりとか。

「お待たせいたしました」

ウエイトレスが、リリアパフェなる特製ジャンボパフェを運んできた。

メニューのページを何度も行ったり来たりさせては、

「ううらむ。コーヒーは飲みたい。だが、この特製パフェも食べたい。よーし、両方頼んでしまえ！」

本日のリリアも女性客でたいそう賑わっており、男性二人客の博人たちは店内で目立っていたが、この男は周囲の視線などまったく意に介さず、それどころか、誰が頼んでも店内の注目の的となるリリアパフェを楽しそうにオーダーした。

おかげで、博人も躊躇なくチョコレートパフェを頼めたのだ。

テーブルの中央にデデンと置かれたリリアパフェを、男はぐいと博人によこして、

「ね、食べてみて。こっちの方がきみの口に合ったなら、チョコパフェと交換しよう」

ふにゃりとしたあの笑顔で言った。

博人は細く溜め息を吐くと、ゆっくりと首を横に振った。

男の優しさが、徐々に悲しくなってきた。

「ねぇねぇねぇねぇヒロト、起きてる!?」

騒々しく呼びかけながら、明人がいつものようにノックもせずに部屋に入ってきた。

「もう夜の九時だよ、そんな大声出すと近所迷惑だろ」

勉強机に向かっていた博人は、突っ慳貪に窘める。

「ビッグニュース！　ヒロトにも教えてやろうと思ってさ！」

博人の不機嫌など、端《はな》から眼中にない明人は、「予備校に新しい先生が来たんだ。夏休みの二週間だけ、集中夏期講座で英語を担当してくれるんだけど、その人、なんと、雅也《まさや》さんにそっくりなんだよ！」

「えっ⁉」

さすがの博人も興味を示す。「雅也さんって、うちに下宿してた？」

「そう！　でね、つまり、すっごいイケメンなんだ！　イギリスの大学に留学中で、今は夏休みで帰国してるんだって。九月にはイギリスに戻っちゃうらしいんだけど、三ヵ国語しゃべれるんだってさ。カッコいいよね！」

「雅也さんに似てるってだけで、明人には充分だもんな」

「だってさあ」

明人は照れたようにバシンと博人を叩き、「子ども心に、憧れてたんだもん」

広岩《ひろいわ》雅也は十年ほど前、県東部随一の進学校城東高校に（博人が通っている高校である）トップで入学した秀才で、ところが入学してすぐに父親の長期の海外転勤が決まり、家族で引っ越すことになったのだが、このまま城東で学びたいと望んだ雅也のために、両親は雅也を知人宅（この家のことである）へ下宿させることにしたのだった。

雅也が城東を卒業するまでの約二年半、博人、明人と兄弟のように過ごしたのだが、ルックスも中身も非の打ち所のない雅也のおかげで、厄介なことに（？）彼が明人の『理想の人』になってしまった。

自分も雅也さんみたいになりたい、からの、雅也さんみたいな恋人が希望、へ。

「石野《いしの》先生っていうんだ。石野健一《けんいち》。俺、明日からマジメに予備校行こうっと」

「……雪が降りそうだな」

ポツリと呟いた博人に、

「うらやましい？」

鼻にシワを寄せて、明人が訊く。「ヒロトも雅也さん、大好きだったもんね」

「別に。一学期の成績が惨憺《さんたん》たるものだったから、明人だけ、予備校に行くことになったんだろ。予備校へは、勉強しに行くんだろ」

たいして偏差値の高くない祠堂学園で、更に成績を落とすとか。いったいなにをしているのやら。——なにもしていないから、落ちたのか。

落ちた。……どんな人でも一週間もあれば楽々明人の手に落ちるだろう。——落ちてほしくはないけれど。

雅也に似てる、それだけで、博人はそう、思ってしまった。

「イヤミばっか！　本当はウラヤマシイくせに、素直じゃないんだから。かわいくないぜ」

プンと怒って、明人は部屋から出て行った。

バタン！　とドアが閉まってから、

「あ、そうか」

わかった。「アイツの笑顔、雅也さんに似てたんだ」

　こちらまで笑顔になるような、ふにゃりとした優しい笑顔。

　男があんまりダサかったから（人のこと言えたギリではないけれど）、そこと、そこが、結び付かなかった。

　記憶に残る、洗練された印象の雅也。

　柔らかな笑顔が似てたけど――、

「――どうでもいいや、そんなこと」

　どうせあの男も明人のものなんだから。

　しあわせそうにリリアパフェをパクついている最中に、

「あっ！　まずい、時間がない!!」

　と気づき、急いで完食し、支払いもして、慌てて飛び出していった男は、結局、明人のことを何ひとつ訊いていかなかった。

　博人におごるだけおごっておいて、

「本末転倒だよな」

　やっぱ、すっげードジ。

　……憎めないけど。


「ぅわっ！」

博人は叫んだ。

いきなり頬に冷たいものが触れて驚いたのだ。

「二度あることは三度ある、だよ」

昨日の男がニンマリ笑って、冷えたペットボトルを博人の前でブラブラさせた。

「……え……？」

絶句。

家にいるとロクなことがないので、近くのスポーツ公園で木陰のベンチに腰掛けて課題図書を読んでいた博人は、突如現れた男に、ペットボトルの冷たさよりもびっくりした。

「何してるの？」

男が手元を覗き込んでくる。

「読書」

短く応えて、ぱたんと本を閉じた。

「何の本？」

「表紙のタイトルくらい読めるだろ」

何のためにその分厚いメガネ、かけてるんだよ。

暗に含んだ博人のつっこみを察してか、

「ははっ、ま、いっか」

男は肩を竦めると、ベンチの、博人の隣へ、ちゃっかり腰を下ろした。そして、「はい、勤勉な高校生に、差し入れ」

さっきのペットボトルをよこす。

仕方なしに受け取って、博人は困ってしまった。

心臓が、ドキドキ、してる。

微笑まれると、胸にくる。

と同時に切なくなって、どうしていいか、わからなくなる。

「──明人は、出掛けてて留守だよ」

博人は手にしたペットボトルを、飲まずにベンチへ置く。

「あれ？　カルピスソーダ、嫌いだった？」

「そうじゃなくて！」

振り仰ぐと、分厚いレンズ越しに目が合った。

ふたりして、こんなものを通して見てたら、本当のことがわからない。分厚いガラス板に邪魔されて、すべてを見誤ってしまいそうだ。

「綺麗な目をしてるね」

出し抜けに男が言った。

抗う間もなく、メガネが外されて、

「やっぱりだ、綺麗な目をしてる」

カタンと硬い音と共に、博人はきつく抱きしめられた。白くぼやけた視界に、男の輪郭が大きく揺れて――。

生まれて初めての、キスだった。

「名前も知らないのに……」

昨日会ったばかりなのに、長いこと待ち焦がれていたものが満たされたようなキスだった。

「哲也《てつや》。……俺の名前、哲学の哲と也で、哲也っていうんだ」

照れ臭そうに男がボソリと告げた。

博人にメガネをかけ直し、またしてもレンズ越しに目が合うと、直視できずにふたりして、俯いて地面を見つめる。

やっちゃってから照れてどうする！　――とは、思うのだが……。

「……哲也さん、相手、間違えてるよ」

僕は明人じゃないのに。

「ん？」

「好きなのは、明人だろう？」

「どうしてそうなるんだ？　そんなこと、俺、言ってないだろ」

「えっ!?」

びっくりして、博人が顔を上げると、

「そうだよ！　なんかきみ、最初から誤解してたよな！」

怒ったように、哲也も顔を上げた。

「だって――」

「断わっておくが、俺はきみの弟とは、何の関係もないからな」

「だったらどうして、うちの前でウロウロしてたんだよ。そんなことするから、だからてっきり、明人のおっかけだと」

「おっかけ？　何だい、それ」

「わかんないならわかんなくていいよ」

博人は額に手を当てた。「ごめんなさい。そうでした。明人のことを、哲也さんは最初からきっぱり否定してました」

勝手にそう思い込んでいたのは博人。いつものパターンだからと、そう。博人にすれば仕方のないこととはいえ、――正直、今もまだ、心の隅で疑っている。

明人とは関係ないときっぱり否定されたのに、それでもまだ、疑っている。――何度も何度も傷つけられてきたから、怖くてとても、信じられない。

「俺は、きみに会いたかったんだ」

哲也は、ふにゃりとした照れた笑みで打ち明けた。「でもなかなか勇気がでなくて、ぐずぐずしてたらインターホンを押す前に会えちゃった」

会えちゃった、って。

「――信じられないよ、そんなの」

博人は視線を落とす。

「明日も、ここで会えないかな」

哲也が誘う。

「……いいけど」

皆、博人経由で明人と接触を持ちたがった。そのやり方だと確実に明人と仲良くなれる定番とまで（陰でこっそり）言われてて、結局、東もそのクチだった。

「博人くん、モバ、じゃない、ケータイの電話番号、教えてくれる？」

哲也がジーンズの後ろポケットからスマホを取り出す。

「スマホは持ってないです」

「じゃあ、家の電話番号を――」

「家に電話はありません」

「――えっ⁉」

哲也が驚く。「ないの？」

だって、家の電話だと明人がウルサイ。それに、たとえキャッチでも、哲也さんからの電話を明人に取らせたくない。たとえ電話の取り次ぎでも、ふたりに会話をさせたくない。――なんて狭量なんだ、ぼくは。

「……そうか、通信手段、ないのか……」

哲也はちいさく息を吐く。そして仕方なく、スマホをポケットに戻す。

スマホもダメ、家の電話もダメ、となると。

ああ、哲也さんと話せない。

「ウソです、スマホ、あります」

やむを得ず、博人はリュックからスマホを取り出した。

「いい、いい、教えたくないなら、無理にとは言わないから」

「無理してません」

そうじゃない。

――素直になれない。

博人と電話番号を交換した哲也は、

「やった」

またふにゃりと笑って、「今夜、都合がついたら、電話してもいいかな」

嬉しそうに訊く。

「――いいけど……」

「またリリアでパフェ、食べよう？　今度はちゃんと、デートとして」

――デート。

「…………いいけど」

何年も、もう何年もずっと、身勝手な裏切りの連続で、博人は哲也の言葉がこんなに嬉しいのに、信じきれない。

「もう一回、キスしていい？」

「い……、あ、それは……」

「冗談。笑って」

哲也が囁く。俯きがちの博人の顔を、覗き込むようにして。

博人が口の端に笑みを作ろうとしたとき、急に哲也のスマホが震えだし、

「タイマーだ、ごめん、もう時間だ」

哲也がベンチから立ち上がった。「今夜、都合がつかなかったとしても、明日、会えないかな。午後二時に、違う、二時八分頃にここで待ってるから」

「わ、わかりました」

「良かった。じゃ！」

慌ただしく告げて、小石に何度もつまずいては転びそうになりながら、哲也はスポーツ公園から駆け出して行った。


スポーツ公園からかなり離れた場所まできて、哲也は引きちぎるようにメガネを外した。

「あー、たまらん。クラクラする」

こめかみに指を当てて、溜め息を吐く。「なんだか、かけるたびに、耐久時間が減っているような気がするな」

慣れるどころか悪化している。

メガネをたたんで、シャツの胸ポケットにしまうと、

「こんな調子で、いつまで保つことやら……」

天を仰いだ。

本当は裸眼で両目とも一・五あるのだ。メガネなど、これっぽっちも必要ではない。だが、度の入ってないただの伊達《だて》メガネだと人相がバレてしまう。

それは、不都合だった。

公園から駅に向かって五つ目の角を曲がってすぐに、秀逸《しゅういつ》予備校の立派な鉄筋六階建てのビルがある。夕方からの講義を受ける高校生たちが、続々と建物に吸い込まれて行く。そのうちのひとりが、

「先生！」

哲也に気づいて手を振った。「石野先生！　わからないとこがあるんですけど、教えてくれませんか！」


石野健一、二十一歳。

高校時代をドイツで過ごし、大学はイギリスのケンブリッジ。よって、日本語、英語、ドイツ語がペラペラで、しかも、超がつくほどハンサムで、

「もしかしたら、雅也さんよりイイかもしれない」

明人は、柔らかそうな石野先生の栗色でサラサラの前髪を見ながら、こっそり思った。

一目見たそのときから、絶対欲しい！　と思ったのだ。外見が良いだけじゃなく、石野先生はユーモアのセンスも抜群で、とにかく優しいのだ。

夏期講座の二週間、その間だけのアルバイト講師にもかかわらず、初めての講義の日、他の英語講師なんかひとりもいらないから、石野先生がこのままずーっと教えてくれないだろうかと（邪《よこしま》なものではなく）講義を受けた生徒は皆、思ってしまった。それくらい教え方もポイントをついていたし、何より年齢が近いので、気軽に質問できちゃうのだ。

何人かの仲間と休憩時間に、教室の隅で石野を独占して教えてもらっている最中に、

「先生、恋人いる？」

出し抜けに明人が訊いた。

「はあ？」

石野はマヌケな声を出して、居合わせた生徒全員の笑いを誘った。

「そんなにおかしなこと訊きましたか、俺」

講師たちに〝秀逸の天使〟と、ウラでこっそり呼ばれている綺麗な明人が、わざと拗ねたように訊くと、仲間の生徒たちもニヤニヤと楽しそうに、石野の答えを待っている。

「お前ら、質問は過去分詞についてだっただろ」

石野はニヤついている全員の頭を丸めたテキストでポンポンと叩いて、「いつの間に、俺の身辺調査にすりかわったんだ？」

「いったーい！」

明人はわざと痛がって（実際はこれっぽっちも痛くなかった）、「だって興味あるじゃん。先生めちゃくちゃカッコ良いし、当然、彼女のひとりやふたり、いるよねェ」

石野はちょっとの間、考えて、

「ふたりはいない。ひとりだけだ」

律儀に訂正してから、「しかも、なんと今日、晴れて相思相愛になったんだ」

それはそれは、しあわせそうにふにゃりと笑った。


互いの想いがあるだけで恋人同士と呼べるなら、自分たちは、できたてホヤホヤの〝恋人同士〟である。

予備校の玄関の手前に通話コーナーがある。公衆電話が設置されており、スマホでの通話もこの場所が推奨されていた。

さっきからスマホを握りしめて、石野は迷っていた。

「さよなら石野先生！」

「先生、また明日！」

最後の講義の生徒たちが、続々と石野に声をかけて帰ってゆく。

迎えのクルマに乗り込む子、自転車で帰る子、徒歩や電車やバスを使う子など、帰宅方法はさまざまだ。

「おう、さよなら。気をつけて帰れよ、寄り道はするなよ、もう九時を過ぎてるんだからな」

彼らに挨拶を返しながら、石野は、「……やっぱりよそう」

スマホをジーンズの後ろポケットにしまった。

ようやく自由な時間ができたけど、もう九時だ。初めての電話を、しかも高校生にかけるには、遅すぎるのではなかろうか。

とは思うのに、未練がましくスマホを取り出す。そして、スマホの表を眺めては、ポケットにしまい、また取り出しては、またしまう。

——声が聞きたい。

どうしても、諦められない。

博人の、声が聞きたい。


「全部、夢だったのかな……」

博人は勉強机に頬杖をつき、ぼんやりと、網戸越しの夜空を眺めていた。

今日は夕方の部と夜の部と両方受けてきちゃった。と、浮かれまくりの明人は、明日も頑張るぞ！　の意気込みで、お風呂で磨きをかけている。

——頑張るなら予習や復習をすべきでは？　と博人は思ったが、例によって口にはしない。

もちろん、頑張る意味が違うからである。そして、言うだけ野暮だからである。

「あいつ、佐々木さんはどうするんだ？」

城東の三年生の先輩で、〝石野先生〟が現れるまで、明人の理想に一番近かった人だ。「人間なんて、所詮《しょせん》、こんなもんだよな……」

数ヵ月前、佐々木は、博人からより理想に近い明人へと乗り換えた。少しでも条件の良いものがあれば、誰だって乗り換えたくなるだろう。

その気持ちはわかるから、しかも、博人と明人の違いは、少し、なんてものではないから、博人はけっこう努力して、佐々木を忘れたのだった。

「……電話、かかってこないな」

課題のノートは開かれたまま、ちっとも進んでいなかった。「キスがウソで、電話も、――明日会うのもウソだったら、どうしよう」

こんなに会いたいのに。

そのとき、博人は椅子を鳴らして立ち上がった。

部屋を飛び出し、階段を駆け降り、サンダルを引っかけて外に出る。


「「信じられない」」

ふたり同時に呟いて、ふたり同時に噴き出した。

門柱の陰に哲也がいた。いつからいたのかぜんぜん気づかなかったけれど、博人は、自分でも信じられないくらいに嬉しかった。

もう十時を過ぎている。

「こんな時間に、どうしたんですか」

鼓動が速い。

胸に手を当てて、博人が訊く。

「あー、えーと、暑くて、喉が渇いたから、その、飲み物を買いにね、夕涼みも兼ねてね、あの自販機まで来たんだ」

哲也の言い訳に博人がけらけら笑う。――笑うとあどけなくて、なんて可愛いんだろう。

惚れた欲目の男はボンヤリと考えながら、思い切ってここまで来て良かったと、しみじみとかみしめていた。

「飲み物を買って、きみの部屋を眺めて、それで帰るつもりだったんだ」

まさか、気がついて、外へ出て来てくれるとは。

手ぶらの哲也に、

「またカルピスソーダ？」

博人がからかう。

「いや、買うとしたら麦茶かな」

真面目に答えた哲也へ、

「あの自販機、麦茶は売ってないですよ」

博人がくすくすと笑う。――いつも、いつまでも、見ていたい笑顔だ。

哲也は博人の顔を覗き込み、

「約束より一日早く会えちゃったな。なんだか、うんと得した気分だ」

手を伸ばして、博人のメガネに触れる。

拒まれないから、そっと外す。

自分を見上げる小さな顔。小刻みに左右に揺れる瞳が、結ぶに結べない像を懸命に捉《とら》えようとしている、証《あか》し。

彼には、自分が、はっきりとは見えない。

見えていないことを確かめたかった。

ようやく哲也は自分もメガネを外すと、ぼやける視界に不安げな博人へ、背を屈めて、キスをした。

くちびるがそっと触れるだけのキスなのに、閉じたまぶたの、長い睫《まつげ》が震えている。

「好きだよ、博人」

囁いて、哲也はもう一度キスをする。今度は少しだけ、博人の中へ、押し入るような。

そのとき、

「ヒロト！　いるんでしょ！　電話だってば！」

いきなり玄関のドアがバタン！　と開いて、明人が外へ顔を出した。「もう、何度も呼ばせ

ないでよ！」

暗い石だたみに、屋内の光が細長い帯になってサッと走る。

――明人の位置からは暗くてよく見えないが、門の陰で、びっくりしたように博人がこちらを振り返った。そして、博人の向こうの背の高いシルエットが、

「じゃあ、おやすみ」

小声で告げて、瞬く間に闇に消えた。

博人がそそくさと玄関に戻る。

すれ違いざま、

「今の誰？」

訊いても、明人の問いに博人は答えない。

黙って通り過ぎる博人へ、

「おいヒロト、今の誰だよ！」

明人が重ねて訊く。

博人はサンダルを脱いで家に上がりながら、

「電話、誰から？」

逆に訊いた。

「アズマだって」

明人が答えると、博人は「なんだ」という顔をした。

「いないって言えよ。おやすみ明人」

「言えったって……」

明人は手の中の子機に目を落とす。「……ツツヌケだよ、全部」

保留ボタンを押す習慣が、明人にはないのだ。


「貯金を下ろして、コンタクト、買おうかな」

ふたりの待ち合わせ場所の定番となったスポーツ公園へ向かう途中、メガネ店のショーウィンドウを覗き込んで、博人は考える。

そうしたらキスするとき、いちいちメガネを外されなくて済む。五センチから先は視界がぼやけてほとんどわからなくなってしまう心許なさを、味わわなくて済む。何より、（キスするときにはメガネを外す）哲也の素顔を見ることができるのだ。

「いっつも先に僕のメガネ、外すんだもんな」

尤も、哲也と博人のメガネを外す順番が逆だと、くちびるという目標を捕捉《ほそく》し損なうかもしれないので、「仕方ないけど……」

でも、向こうはこっちの素顔を見てて、こっちはまるきり見られないなんて、ちょっと不公平な気がする。

ふと、ショーウィンドウに哲也の姿が映った。

通りの向こう、ビルの陰から現れて、スポーツ公園へ急ぎ足でゆく。途中、何度も障害物にぶつかっては。

「やっぱり度が合ってないんだ。そのうち、体中アザだらけになっちゃうぞ」

博人はくすくす笑うと、いつも自分がびっくりさせられてばかりなので、突然、わっ！と現れて驚かすべく、距離を空けて、そーっと哲也を追いかけた。

インテリアショップの前を通り過ぎようとしたときだった、人影が哲也の正面に飛び出してきて、哲也はギョッと足を止めた。

「やっぱり！」

弾むような、聞き覚えのある声。

「やっだなあ石野先生ってば、そんなダサいメガネかけちゃって、どうしたんですか？」

明人は躊躇なく哲也のメガネをパッと外すと、「わーっ、すっごく度がキツい。ヒロトのと競るよ、これ」

楽しげにレンズを覗き込む。

「八木《やぎ》、返してくれないか、それ——」

「やーだよ。この前みたいに俺につきあってくれるんなら、考えてもいいけど」

——この前？

「今から用事があるんだよ」

哲也の背中が困っている。

「じゃ、五分でいいや。そこのコンビニで、なにか買って？」

甘えたように上目遣いで見上げる明人。鉄板の、その仕草。

「仕方ないなあ」

明人の笑顔の魅力に抗いきれた人なんていない。明人のおねだりに、皆、弱い。その気のなかった人でさえ、明人と会っているうちに、変わってしまう。そう、入り口は博人だったとしても、最初こそ博人を見ていても、明人と会ううちに変わってしまう。ぐいぐいと、明人に惹かれていってしまう。

嬉しそうに哲也の腕に腕を絡めて、哲也を見上げる明人のはにかむような綺麗な笑顔に、哲也は照れたように頬をかきながら、引かれるままその先のコンビニに入って行った。

——哲也の素顔を初めて見た。

「雅也さんになんか、……ちっとも似てないじゃん」

博人はくるりと踵を返した。


小学生の博人と明人に両脇からギュウッと挟まれて、さぞや窮屈だろうに、にこにこと笑っている、優しそうな高校生のお兄さんの写真がアルバムにあった。

「……笑うと似てるなんて、気のせいだった」

博人の知る限り、博人と明人に対して別《わ》け隔てなく接してくれた他人は、この人だけだったように思う。

明人に点数の甘い大人ばかりいる中で、彼だけはいつも〝公平〟だった。正しいものは正しいと、間違いは間違いと、それが明人だから博人だから、ではなくて、その都度、きちんと判断してくれた。

だから博人は雅也が大好きだったのだ。明人のように、雅也の成績の良さやルックスや家柄に惹かれたわけではない。

「哲也だってさ。ウソばっかり」

予備校の石野先生。「石野健一、だっけ？　明人が言ってた名前」

僕にウソの名前なんか教えて、どうするつもりだったんだろう。

博人の中で、一番嫌な記憶が頭をもたげた。

忘れたい過去の出来事は山のようにあるけれど、その中でもサイテーサイアクの出来事。

去年のことだった。

今はもう卒業してしまった、当時の三年生の数人が賭《か》けをしたのだ。彼らの中で一番見栄えの良い男をしかけて、何日で博人をその気にさせられるか、と。

彼らはもちろん、祠堂に通っている、綺麗な、喉から手が出るほどモノにしたい、綺麗な双子の弟が博人にいることは知っていたし、その弟の陰で、どれほど博人が惨めな想いをしているか、してきたのか、うっすらとわかっていた。その上で、博人に同情するどころか、からかう方を選んだのだ。

そんなこととは知らない博人は、いつものように警戒して、最初はかなり素っ気なく接していたが、毎日通い詰めてくる三年生に、もしかしたら本気なのかもしれないと、散々つれなくしたお詫びと共に、傾きかけていた自分の心を告げた途端、その三年生は大爆笑して、

「やったぞ！　ほらみろ、バッチリ十日以内だ！」

手を叩いて喜んだ。

叫声を上げた彼の背後から、こっそり様子を窺っていた何人もの三年生が顔を出し——。

後のことは、よく覚えていなかった。

殴ったか蹴《け》ったか、したかもしれない。

……ああ、苦しい。

「もう、いやだ」

からかわれるのは。——利用されるのも。

好きで自分だけブサイクに生まれたわけじゃない。男なのだから、多少、顔の造りがおかしくても、たいして問題ではなかったはずだ。——双子の弟があんなに綺麗でなかったら。

せめて、一卵性だったら良かった。

そうしたら、ここまでの差は、生まれなかった。

今更どうにもならないけど。それで、親を恨むこともできないけど。

約束した待ち合わせの時間は、とっくに過ぎていた。

博人は、スポーツ公園へ行かなかった。

ピタリと窓を閉め、カーテンを引いて、早々にベッドに潜り込んだ。

明人が哲也の腕に腕を絡めたとき、ああ、終わった、と、思った。もう抗えない。彼は、明人のものになる。

わざわざ偽名を使ったあの人の目的が何なのか、なんて、知りたくもない。辻褄合わせの言い訳も何もかも、聞かされたくない。

もう哲也には会わない。——違う、石野先生だ。

どうせ傷つくだけなのだ。自分をありのまま受け止めてくれたのは、——くれるのは、後にも先にも、雅也ひとりだけなのだから。

どうしたんだろう。

「だからこの場合、主語が動詞の——」

ホワイトボードに専用ペンで矢印を引っ張りながら、石野は、待ち合わせた公園に、とうとう現れなかった博人を思った。

博人のスマホに電話をかけても、呼び出しはあるが繋がらない。——急に体の具合でも、おかしくなったのだろうか。それはそれで、心配だ。

「先生！　主語がどうしたんですか！」

矢印を途中まで引っ張ったままぼんやりしてしまった石野に、生徒たちがせっつく。

石野はハッと我に返り、

「あ、悪い、どこからだっけ」

ペンを握ったまま、テキストを開いた。

ドッと生徒たちが笑う。

「しっかりしろよー、説明の途中だろー」

「テキストやってんじゃねーよ」

「講義中の居眠り禁止だよ、せんせー」

散々からかわれて、石野は悪い悪いを連発しながら、

「――で、何の説明をしてたんだっけ」

と、訊いた。


「あれは絶対、恋人にフラれたか、ケンカしたかのどっちかだぜ」

冷やかす友人に、

「そうかな」

明人は帰り支度をしながら、せっせとホワイトボードを消している石野の背中をチラリと見遣って、「俺、今日の範囲でわかんないトコあるから、先に帰ってよ」

友人に言った。

「美人の夜のひとり歩きは、キケンよ」

茶化す友人に、

「バーカ」

軽く睨んで、「じゃな」

教室を出て行く石野の後を追う。

石野は小走りに廊下を講師室へ急ぐ。その腕をぐいと攫んで、

「先生、質問があるんですけど」

天使の微笑みを浴びせかけた。

石野はつられて微笑んで、だが、

「悪いな八木、今夜はだめなんだ」

「恋人とケンカしたんだって？」

からかっただけなのに、石野からピタリと笑いが消えた。

「──やっぱり、わかるか？」

言うなり、みるみる肩を落とし、「怒らせたおぼえはないから、ケンカじゃないかもしれないが、なんだか様子がおかしいんだ。もしかしたら、ふられたかもしれない……」

「俺、慰めてあげようか？」

「へ？」

「俺、男だけど、そのへんの女より、良いと思うぜ」

「――……」

石野はじいっと明人を見て、「そうかもしれないけど、俺はいいよ、遠慮しておく」

「なんで？」

「なんでと訊かれましても……」

ははは、と笑った石野に、

「ふうん。そんなに恋人のこと、好きなんだ」

「なにせ惚れてますから」

「俺が誘って断わったの、先生が初めてかも。――しあわせものだね、その彼女」

「彼女じゃないよ」

石野は律儀に訂正した。「俺が惚れてるのは、男の子なんだ」


真夜中に目が覚めた。

日没前にベッドに入ったものだから、おかしな時間に、くっきりと目が醒《さ》めてしまった。

しかも、

「暑い！」

クーラーのない博人の部屋、いつもは網戸にして扇風機を回して寝ていた。窓も閉めきり、その上にカーテンまできっちり引いていては、暑くて当然だろう。

暗闇の中、手探りでメガネをかけると、汗びっしょりでベッドから抜け出た博人はカーテンを開ける。

カラカラと、軽い音をたててサッシの窓を開け、流れ込む涼しい夜風にホッと息をつき、何の気なしに窓の外に視線を落とし、驚いた。

門柱の陰に、背の高いシルエット。こちらを見上げて、立っている。

「あ……！」

博人はピシャリと窓を閉めた。

時計は午前一時になりつつある。——いつから、あそこにいたんだろう。

「か、関係ないね。立ってるのは、向こうの勝手だ」

博人は夏掛けをめくって、メガネを外すと、ベッドに体を滑り込ませた。

会うつもりはない。——本当のことを知りたくなるから。

無理やり目を閉じて、枕に顔を埋める。

彼は、心配そうだった。

表情が見えたわけではない。夜の闇に見えるわけもないのに、そう、感じた。全身から漂っていた。だから、それが彼の、今の、本当の気持ちだと、わかってしまった。

彼は、すごくすごく、心配そうだった。

「ああ、もう！」

博人は枕をぼんと叩くと、メガネをかけ直して、家人が寝静まっている玄関から、静かに外へ出た。

門柱の陰にたたずんでいた人影は、

「博人くん、パジャマ姿もなかなかだね」

呑ん気に笑った。

「何しに来たんですか、石野先生」

「え……？」

男は大きく目を見開いて――、「きみ、それ……？」

「哲也さん？　石野先生？　本当は、何て呼べばいいんでしょうか。石野健一も偽名だったりして」

「うん、偽名なんだ」

あっけらかんと肯定されて、博人はカッとした。

「最低だな。最低だよ。俺を騙して、俺なんかを騙して、なにがそんなに面白いんですか！」

「俺は、きみだけ、騙してないよ」

石野先生、こと、哲也は、もうコイツは不要だな、と、メガネを外した。

「――あ……」

似てる。こうして間近で見ると、雅也に面差しがそっくりだった。

「知ってる人に、似てるだろ？」

「えっ？」

いきなりの図星。

「俺の本当の名前は広岩哲也。昔、きみんとこで世話になってた、広岩雅也の弟だよ」

博人は驚きのあまり、声が出せなかった。


「うん、うまい」

冷えた麦茶を一気に飲み干して、哲也はコップを机にトンと置いた。「へえ、二階からだと門の周囲がよく見えるんだね」

勉強机に身を乗り出して、窓の外を眺める。

込み入った内容と思われたので、あのまま外で話を聞くわけにもいかず、博人は哲也を、こっそり部屋に招き入れた。

「雅也さんがうちに下宿してたときに使ってたのが、この部屋なんだ。その机も椅子も、雅也さんが使ってたものだよ」

「へえ」

哲也はギシギシきしむ、古びた椅子をわざと揺らして、「やっぱりなあ」

溜め息を吐いた。「やっぱり雅也兄さんは、きみの心に、ふかーく残っているわけだ」

ベッドに腰掛けていた博人は、きょとんと哲也を見た。

「だって、大好きだったんだ」

「知ってる」

椅子から離れて、わざと博人の隣にドサリと座ると、「わかってたさ、そんなこと」

哲也は腹立たしげに言った。

「怒らないでよ。怒ってるのは、僕の方なんだから。メガネで変装なんかして、偽名まで使って、僕をどうしたいんだよ。わざわざイギリスくんだりから、僕をからかいにきたのかよ」

「そんなこと、するわけないだろ」

哲也は博人の肩を引き寄せ、「じゃなくて、俺は、雅也兄さん抜きで、きみに会いたかったんだ」

博人は狼狽して、哲也を見上げる。

「雅也さん抜きで……？」

って、どういう意味？

「兄さんの名前を出せば、それはもう簡単に、俺はきみたち兄弟に受け入れてもらえるだろうさ。でも俺は、兄さんの影響なしで、きみに会いたかったんだ。――きみに、好きになってもらいたかった」

会えたからといって、好きになってもらえる保証はないけど、少しでも、距離が縮まればと思っていた。

「僕に？　明人じゃなくて？」

「違うって！　――俺は、きみたち兄弟が雅也兄さんを、ものすごく慕っていたことを知ってたよ。季節の折々に、手紙やハガキを送ってただろ、写真も同封してさ。それを俺に見せながら、兄さんはよく、きみたちのことを話してくれたんだ。あの人はホラ、公平な人だから、いつも公平に、話してくれた。でも俺は公平じゃないからね、いつしか、おとなしくて心根の優しい、環境のせいでヘソ曲がりと周囲には思われているけれど、本当はとても素直な誰かさんに、すっかり肩入れしちゃってたんだ。——ずっと、会いたかった。俺はずっとヨーロッパにいたから、気になるからちょっと日本まで顔を見に行く、ってわけには到底いかなくて、この夏にやっと、バイトして貯めたお金で日本に来たんだ」

「——来た？」

博人が耳聡《ざと》く反応する。「帰国じゃなくて？」

哲也は少しだけ、困ったように眉を顰《ひそ》め、

「俺は、これでもドイツ人なんだ。小学校までは日本にいたけど、海外転勤がきっかけで、転勤先で両親が離婚しちゃって、日本人の父親が兄を、ドイツと日本のハーフだった母親が俺を、引き取って、それぞれ自分の国に落ち着いてしまったんだよ」

つまり現在は、日本人でイギリスに留学しているのではなく、ドイツ人でイギリスに留学しているのであった。

「離婚のこと、ちっとも知らなかった……」

雅也さん、手紙でそんなことは、一言も。

「元夫婦はほぼ絶縁状態だけど、兄弟の交流は自由にさせてくれたから、しょっちゅう、金持ちの兄上様がドイツに会いに来てくれてたんだ」

「弟がいるのは知ってたけど……」

　離れ離れの兄弟だとは、想像もしていなかった。

「それとね、少しだけややこしいんだけど、俺は日本のパスポートも持っているんだ。二重国籍といってね、ドイツ人だけど、日本人でもあるんだよ。それもあって、あの予備校でバイトするはずだった友人が間際になってできなくなった穴埋めに、バカンスの予定がフリーだった俺に白羽の矢が立ったんだ」

「もしかして、石野健一って、バイトするはずだった友だちの名前？」

「そういうこと。だから、きみを騙そうとか、そんなんじゃないんだ」

「そうか……」

　そうだったんだ。

「ずっと、ずっと好きだった。会って、もっと好きになった。できれば俺のことを好きになってもらいたかった。ただ、兄さんに似てるからって理由だけは、避けたかったんだよ。だからメガネで変装した。兄を抜きで、俺を見てもらいたかったんだ。わかって欲しい、俺はきみが好きなんだ」

「哲也さん……」

　博人のメガネを外しもせずに、哲也がくちびるを合わせてきた。途端に、博人は小さく悲鳴を上げる。メガネのどこかで顔をこすったのだ。

「ごめん、忘れてた」

はやる心が抑えられない。

哲也は博人のメガネを外すと、もう一度、くちびるを合わせた。

深く呼吸を合わせて、何度も何度も、キスをする。くちびるの隙間に舌を差し入れ、博人の柔らかな舌を舌先で搦《から》め捕る。

と、気になることがひとつ。

「あの、博人くん？」

「何ですか？」

「もしかして、俺、今夜ここに泊まっても、いいのかな」

博人はしばらく考えて、

「明日の朝、両親に紹介します」

「ありがとう」

哲也はホッと息をつき、次に、「きみ、この構図って、やばいと思わないか？」

と訊いた。

月明かりだけの暗い室内、ふたりきりの空間で、ベッドに並んで腰を下ろし、哲也は博人の肩を抱き、博人は薄手のパジャマ一枚。

察した博人が赤面していると、

「俺、飢えた狼なんだ」

哲也は博人をベッドに押し倒し、「先に断わっておくけれど、抵抗してもムダだからな」のしかかり、キスをした。

――抵抗なんか、する気はない。

哲也の体重を受け止めながら、博人は心の中で呟いた。

心臓が、はちきれそうに打っていた。

自分こそ、哲也が欲しくてたまらなかったのだから。

翌日、早朝、二階からひょっこり現れた雅也の弟に、両親はそれこそびっくりした。だが、しばらく話をしているうちに、気立てのよい雅也の弟に、すっかり雅也と同じくらいの親しみをおぼえたのだった。

明人と顔を合わせないよう早々に八木家を後にした哲也は、石野先生としてのアルバイトが終わった数日後、日本での〝夏の思い出〟を作るべく、近くの神社のお祭りに博人を誘うために〝広岩哲也〟として、改めて八木家を訪れた。

そのときの、明人の驚きたるや。

二週間のアルバイトで得たお金で、哲也は博人にコンタクトレンズをプレゼントした。これで、いちいちメガネを外さなくともいつでもキスできるというもので。

ただひとつ、困ったことがあった。博人の素顔がけっこう可愛いことが、一部の人間に知られてしまった。

「俺がイギリスに戻ってる間に、おかしな奴が現れないといいけど」

本気で心配する哲也に、博人は笑った。

「大丈夫だよ。コンタクトは哲也さんと一緒のときにしか、使わないから」

そして、ちょっぴりいたずらっぽく続けた。「それに、うちには明人がいるからね。みーんな明人に夢中だから、僕になんか、目もくれない」

そうかもしれない。

だが、恋する人間は、綺麗になるのだ。

一抹の不安を残しつつ、哲也は八月最後の月曜日、機上の人となったのであった。

FREEZE　FRAME　眼差しの行方

遅刻しそうだったから、近道することにした。

野良猫のように、いくつものビルの隙間をしなやかにすり抜け、緑濃い喫茶店の脇から背の低い生け垣を乗り越えた先、古びた石畳の歩道へ出ようとして、ふと、足が止まった。

静かな喫茶店、濃淡の木漏れ日が降るテラスの席に、彼を見つけた。

中途半端な時間帯のせいか、まるで人気のない細長いテラス席。ちいさな木製の丸いテーブルでひとり文庫本に目を落とし、傍らには目にも涼しげなアイスティーのグラス、ページをめくる細長いきれいな指。サラリとした栗色の髪も、鼻筋の通った少し神経質そうな繊細な横顔も、まるで時間が止まっているかのように四年前から何も変わっていないような気がした。

昔のように、黙したまま、見つめてしまう。

人の気配を感じてか、彼がゆっくりと、顔を上げた。

こちらを見つめ、そして、不思議そうに小首を傾げる。

間違いなく自分も、彼と同じくらい不思議そうな表情で、彼を眺めているのだろう。

「驚いたな」

穏やかなバリトンが、深い緑をそよがせる風のように、心地好く耳に届いた。「ここは駅から大学までの最短コースの抜け道だと聞いてはいたが、よもや、実際に使う人間がいるとは思わなかった……」

なにせ〝地図上の〟という但し書きがつくのである。

——そうか、不思議そうだったのは、そのせいか。

なんだ、そうだったんだ。

クルリと背中を向けて、立ち去ろうとしたとき、

「不法侵入はいけないな、新入生」

彼が続けた。

——新入生？

どうしてそれを……？

戸惑いながら振り返った目に、四年前と変わらぬ笑顔が映る。

「久しぶりだね、晋《すすむ》くん」

音もなく文庫本が閉じられて、「随分と、背が伸びたね。あんなに小柄だったのに、凄く大きくなっていて、——大人びてて、一瞬、わからなかったよ」

テーブルに緩く指を組み、柔らかな笑みを湛《たた》えて、彼が自分を見つめていた。

昔からそうだった。この人を前にすると、どうしてだか、思考が停止する。

生来口の達者な方ではないのだが、不機嫌と誤解されてしまうくらいにムッとしてしまう。

どう言葉を繰り出せばいいのかわからずに黙っていると、

「相変わらず寡黙なんだね。それとも、もしかして、忘れられちゃったのかな、俺？」

もう四年も経つんだものな、仕方ないか。

自嘲《じちょう》気味に彼が続ける。

「――麻乃《あさの》、さん」

ボソリと晋が言った。

途端に、花がほころぶように麻乃が破顔する。

「良かった、忘れられてなかった。――こんな所で会うなんて、奇遇だね」

「遅刻しそうだったんで」

「じゃあ、きみも東都大《とうと》？」

「も、って」

「俺も東都大。なんだ、同じ大学だったんだ。入学してから半年も経ってるのに、よく今まで、大学構内で会わなかったものだね」

「――それはやっぱ、東都が、すっげーマンモス大学だからじゃないスか」

生真面目に応える晋の、あまりに当たり前の返答に、麻乃はちいさく噴き出した。

「比喩《ひゆ》だったのにな」

からかわれて、晋は口元を結んで、ムッと眉を寄せた。

高校時代に影番などと噂がたっていたほど（真相のほどは定かでないが）の鋭い眼差し。け

れど、挑戦的な外見ほどには気難しいキャラクターではなかったと記憶している麻乃は、笑顔のままで、

「ごめん、誤解しないで、馬鹿にしてるんじゃないよ」

「昼飯」

「え？」

「明日、昼飯、どこで食べてる、――ますか」

「あ……。いや、俺たち四年生は卒論のゼミくらいしか、取ってないからな。俺も、明日は、講義はないんだ」

「そうスか。――それじゃ」

ペコリと頭を下げるなり、身軽に生け垣を飛び越えた晋に、――風のように消えてしまいそうな晋へ、

「待って、晋くん！」

麻乃は慌てて呼び止めた。無言のまま振り返った晋へ、「明日の昼頃なら、あー、そう。そう、多分、大学の図書館にいる。卒論の資料をまとめているはずだから」

聞こえたのか聞こえてないのか、返事はなく、晋は現れたときと同じように、瞬く間に車道を横切り、道路を斜めに挟んだ大学の正門へと走り去った。

「お待たせ、麻乃」

入れ違うように、テラスに華やかな女性が現れた。「五分の遅刻？」

「惜しいな、五十分の遅刻」

麻乃は微笑みながら訂正して、傍らの椅子をすすめる。

「久しぶりのデートだから、気合い入れたの」

「綺麗だね、さやか」

「カノジョの見栄えが良いと、麻乃も嬉しいでしょ？」

水を運んできたウエイターにアイスティーを頼んでから、「麻乃がウソついてるトコロ、初めて見たわ」

さやかはテーブルに頬杖を突く。

「ウソ？」

「卒論の資料、今頃まとめてたら間に合わないでしょ？」

「――ああ」

そのことか。

柔らかく微笑む、ポーカーフェイス。

「ね、さっきのカッコイイ子、誰なの？」

「五十分の遅刻じゃなかったんだね」

「そ。正確には、四十分の遅刻。窓際の席でナオとバッタリ会ったから、ちょっと挨拶を交わしてたの。――ふたりの仲、まだ保ってるの？　ですって、失礼よね」

「彼は、昔の恋人の弟だよ」

「——ふうん……。何番目の彼女?」

最初の恋人であり、後にも先にもただひとりであろう、『彼氏』の弟。

なんて、言えるわけがないよねえ。

「気になるんだ?」

「べっつにー。人間、大切なのは、今、この時よね」

「そうだね」

「でも、どうして〝弟〟を知ってるの?」

「知ってると、おかしいかい?」

「おかしいわよ。だって麻乃、両親どころか、私の兄弟にも会ってくれないじゃない。今までの彼女たちとも、家族を交えての交際をしてましたなんて羨ましい話、幸いにも聞いたことがないわ」

「さやかの遅刻のおかげで懐かしい人に会えたよ、ありがとう」

「話をはぐらかさないで」

「最長記録なんだって、さやかと俺?」

「あっ、そうなの! 私たち、付き合い始めて、じきに二カ月でしょ? 歴代の麻乃の彼女たちの中で、これまでは七週間が最長だったじゃない。二カ月といわず、このまま記録を更新し続けてやるわ!」

女の意地にかけても。

張り切るさやかに、運ばれてきた彼女のアイスティーのグラスに、

「健闘を祈る」

麻乃は軽く、グラスを合わせた。

「ヒトゴトみたいに言うのね」

さやかは憎らしげに麻乃を軽く睨み、「あんまりつれないと、さっきの子に乗り換えちゃうから」

クスクス笑って、ストローをアイスティーに挿した。


「身長ばっかり日進月歩でもな、晋、ホントにお前って、ナニ考えてんのかわかんねーよな」

吐き捨てるように兄が言った。

背ばっかり伸びても、精神的な成長が見られないんじゃないのか？　という、暗に含んだ厭味を、敢《あ》えて無視する。

言われ続けて早、幾年。

「別にアンタなんかにわかってもらわなくても、オレはかまわねーよ」

慣れっこの晋は、どこ吹く風と聞き流す。

それがまた相手のカンに障るとわかっていても、やってしまう。

「ふん。まあな、俺には馬鹿の考えることは、昔から理解できないからな」

兄も、いつもの決まり文句で応酬する。

譲らないやりとり。それがたとえ、つまらない口げんかですら、負けることをよしとしない兄、氷川岳彦《ひかわたけひこ》。

一流高校、一流大学へ苦もなく進み、この夏、とある一流企業に内定も決まっている、絵に描いたような順風満帆な人生を歩いていた。——卒業を待たずに学生結婚をするというのが、順風満帆なうちにはいるのかどうかは、横へ措き。

片や、そのへんの工業高校に進み、無難な私立大学に在学中の晋は、友人や先輩たちの中にあっても帝王のように君臨している岳彦に対して、唯一、反抗的な態度を取る存在であった。

要するに、お兄ちゃんの言うことを一切きかない、ヤな弟なのである。

表向き、きさくで人当たりの良い、男ですら惚れ惚れすると言わしめるルックスの岳彦と、無愛想で、話しかけた途端に睨まれそうな、オッカナそうな見てくれの晋は、学歴しかり、まるで水と油のように、たったふたりの兄弟でありながら、どうにも混じり合えない間柄なのであった。

だが、それは仕方ないのだ。

晋は岳彦の要領の良い生き方が嫌いだったし、岳彦は晋の存在そのものが疎ましかったのだから。

けれど、ちいさな頃は、ここまでひどく互いを嫌ってはいなかった。

「とにかく！」

岳彦は晋の鼻先に人差し指を突きつけると、「今夜、七時に、渋谷《しぶや》の〝ラ・ロンタン〟だからな。栞《しおり》のご両親もみえるんだ、両家揃っての初めての会食なんだから、絶っっっ対に、バックれるなよ」

やなこった。

瞬時に顔に書いた晋に、

「いいか、俺はな、百歩譲って、お前に頼んでるんだ」

横柄に岳彦が続けた。

それが人にものを頼む態度か？　と訊き返したくなるが、言われてみれば、岳彦が晋に〝命令〟という形であっても何かを頼むのは——関わるのは、ここ数年の記憶を探っても、まるきりなかったような、気がした。

だから、

「——気が向いたらな」

晋は、晋なりの、ＯＫを出したのであった。

今朝、出掛けのことである。

『素直に、にーちゃんの新たな門出を祝福してあげればいいじゃん』

友人たちの意見はもっともであった。

『一面識もない奴からことごとく嫌われる、その、栞ちゃん、だっけ？　気の毒だぜ。しかもお前、婚約者のたったひとりの弟ってのじゃん』

『それともなんだ？　大嫌いな兄貴がしあわせになるのは許せん！　ってヤツなのか？』

彼らは揃いも揃って、痛い所を突いてくる。

「違うぞ、バカヤロ」

ガラガラに空いた私鉄の電車内。

吊り革に攫まりもせず仁王立ちしていた晋は、毎日のようにからかってよこす友人たちの、ごもっともな意見を思い出しては、こっそり腹を立てていた。

チクショー。

さあ出掛けようってときに、玄関先でややこしい話なんか始めるから、乗ろうと思ってた電車に間に合わなかったじゃんか。

今日の講義は二時間目からだし、と、家でのんびりしていたのがマズかった。玄関で靴を履き、さあ出ようとしたところへ、四年生で、もう滅多に大学へ顔を出すことのなくなったネボスケの兄貴がひょっこり起きてきて、ここぞとばかりにクギを刺されたのだ。

だが。

「勘の良さは、サスガだな」

それだけは認めてあげよう。

会食の予定は一週間以上も前から決まっていたので、今夜は、大学からどこぞの友人宅へ直行して、

「ごめん、うっかり忘れてた」

で、済ませるつもりでいたのである。

岳彦の結婚を積極的に妨害する、まではしないけど、祝福なんか、到底できない。許せないのには、晋なりの理由があった。

結婚相手が〝栞〟であることも、一因で。

岳彦が高校三年の夏、遊びに行った沖縄の海で知り合った女子大生。岳彦がそれまで二年半つきあっていた恋人、麻乃を唐突に振った、その直前のことだった。

流した浮名は数知れずの岳彦だったが、結局、戻る場所は麻乃だった。ワンマンな王様と、寛容な、非の打ち処のない楚々とした美貌の王妃、のコントラストで、弟ながら、その恋人を見つけた兄を凄いと、——あの当時は、凄いと、尊敬していたのだ。

それが、まさか、突然、一方的に振ってしまうなど、俄《にわか》には信じられない出来事だった。

確かに、あの頃、兄のしていた恋愛にはリスクが大きく、コドモだった自分には、有名私立男子高の学校のトモダチをどうして恋人にしているのか、今ひとつ理解できなかったのだが、ふたりの並んでいる姿は、お世辞抜きで他の誰といるより似合っていた。——それだけは確かだった。そしてそれは、周囲も認めるところだったのである。

豪気な岳彦、何時間麻乃を待たせても平気な顔で、そのくせ独占欲が強くて、誰かが麻乃に話しかけただけで腹を立て、そうして散々好き勝手に振り回しておいて、揚句、ポンと捨ててしまった。

岳彦が栞に沖縄で出会わなければ、晋は麻乃の涙を見ずに済んだのに。

「——誰が、祝福なんかしてやるか」

四年前のあの夏から、晋は岳彦が大嫌いになったのだ。

「そういえば、政経の麻乃さん、今の恋人と二ヵ月も、保ってるんですって」

昼休み、学食でコロッケ定食を頬張っていた晋は、席三つ向こうの女子学生たちの会話に、箸《はし》を持つ手を止めた。

「麻乃さんって、あの、綺麗な人？」

「そうそう、つきあってたどの彼女より綺麗という、男の人」

「彼氏が自分より綺麗なんて、なんかそういうのって、嫌じゃない？」

「歴代のミス東都が軒並みですって」

「今の彼女は？」

「ミス・コンには出なかったけど、バイトでモデルやってる、国文の三年生」

「綺麗？」

「んー、正統派の美人、というよりは、イマドキの足長美人、かなー」

「わかった。いつもこれみよがしのボディコンシャスな服を着てる？」

「そう、その人」

「歴代ミス軒並みかあ、レベル高いわねー。——で、どうして、いつも長続きしないわけ？」

「アタシにわかるわけないじゃない。そんなことは、本人に訊いてよ」

「ね、ね、今の人って、十八番目のカノジョでしょ？」

「えーっ、十八番目!?」

　はあ？

　晋は呆然《ぼうぜん》と、コロッケ定食を見下ろした。——恋人が、十八人？

「ずるーい、私なんか、大学に入学してまだ、彼氏、ひとりもできてないのに」

「それ、ちょっと話、違ってない？」

「噂だけど、十八人、全員が、押しかけ彼女なんですって」

「なによ、押しかけ彼女って」

「文字通り、麻乃さんに猛烈アタックして、強引に彼女になっちゃうってことよ」

「すっごーい」

「そういえば麻乃さんって、押しに弱そうだもんね」

「フェミニストでね」

「どの女の子にも優しいんですってよ」

「でも、安易に声がかけられない、なんてゆーか、私たち庶民なんかと住む世界が違う高貴な雰囲気？　あるわよね」

「だって、現に麻乃さんって、どこだかの企業の社長の息子、とかでしょ？」

「えっ？　ご両親が大学教授って」

「華族の出って、聞いてるわよ」

「どれがホントなの？」

「どれ？」

「さあ」

一斉に首を捻る女の子たち。

どれも違う。病院名までは知らないが、麻乃の父親は地元の開業医で、祖父が不動産の仕事をしている。確か、麻乃は祖父の事業を継ぐ予定で、麻乃のすぐ下の弟が父親の病院を継ぐはずである。——どのみち、良家の子息に変わりはない。

それにしても……。

晋はこっそり苦笑した。

歴史は繰り返す。などと、そんな大袈裟なものではないが、またしても、麻乃が誰かのもののときに、遭遇してしまった。

長続きしている、十八番目の彼女。

「……ま、いいか」

四年ぶりに麻乃に会えて、あのままサヨナラなんて切なかったから、つい、明日の予定を訊いてしまった。——遠回しに、昼食に誘った。だが、どうこうしたかったわけじゃない。

「つまり、結局のところ、麻乃さんは、今までつきあってた彼女たちのこと、本気で好きじゃなかったってこと？」

誰かのセリフが耳に飛び込んできた。

「押し切られたから、仕方なく、つきあってたってこと？」

——そうなのか？

「じゃあ、記録更新中の今の彼女は、いよいよの、本命ってこと？」

「えーっ、そうなっちゃうの？」

「あら、不満そうね」

「そういうわけじゃないけど……」

「あー、もしかして、密かに狙ってた？」

「違うわよ、そんなんじゃないわよ」

「あーやーしーいー」

けらけらと笑う女子学生たち。

身勝手な感情と承知だが、麻乃が兄以外の誰かを本気で好きになるなんて、そんなこと、考えたくもなかった。

晋はコロッケ定食を大口開けてかっ込むと、トレイを返し、足早に学食を後にした。

学食を出て、中庭を抜けようとしたときに名前を呼ばれた気がして、晋は立ち止まった。

周囲に視線を巡らすと、中庭のベンチに、麻乃がいた。

驚きに、心臓がマジにドキンと音を立てた。

「二度目の偶然だね」

麻乃が微笑みながら、膝の上に開いていた本を閉じる。

書店カバーのかかった、文庫本。テラス席で読んでいた本だ。

……この人は、どんな本を読むのだろうか。

そのとき、

「麻乃ーっ！」

校舎の四階の窓から、彼を呼ぶ女性の声がした。「やっと終わったわ！　すぐ行くから、待たせてごめんね！」

手を振って、姿が消える。

「彼女、ですか」

晋の問いに、

「え？　ああ、うん、そうかな」

麻乃は曖昧に頷いて、「つきあってるって実感は、あまりないんだけどね」

綺麗な指で、サラリとした前髪を掻き上げた。

兄が愛していた、綺麗な指。檻《おり》の中に閉じ込めるように、麻乃のすべてを束縛していた兄。

乱暴なほど、激情に駆られるように、愛されていた麻乃。

「物足りないんスか？」

ポロリと訊いてしまって、

「え？」

ポカンと自分を見上げる麻乃に、晋は一気に後悔した。

麻乃はふわりと笑うと、

「四年も前に別れた人と、どうつきあってたかなんて、もう忘れてしまったよ」

と、言った。

「そっ、それがいいっス！　あんなヤツのことなんか、きれいサッパリ、忘れちまってた方がいいっス！　絶対！」

「晋くん……？」

珍しい晋の長ゼリフに麻乃は目を見開く。「驚いた。たくさん喋ってくれるんだね」

「あ、あんな、恥知らずで恩知らずで身勝手ワガママなヒトデナシのことなんか、思い出すだけ時間の無駄ってのっスから！」

「そこまで言わなくても」

クスクスと麻乃が笑う。

「――あんなヤツ、男の風上にも置けない」

「そんなことないよ、晋くん」

「今更、庇《かば》うことない」

「違うんだ、彼はひどい男なんかじゃないよ」

「──麻乃さん、今でも兄貴のこと……」

「まさか！　じゃなくて、ひどいのは俺の方だったんだ」

「麻乃さんはひとっつも悪くなかった！」

「うん。傍《はた》からは、きっとそう見えてたね」

でも──。

「兄貴、結婚することになりましたから」

「結婚……？」

「麻乃さんがアイツを許していても、オレは許せないっスから！」

言い捨てて、走り出す。

なぜだかやけに腹立たしくて、悔しくて、たまらなくて、晋は麻乃から逃げるように、全力で走り去った。


「少しは見直したよ」

またしても横柄に言われて、晋は咄嗟に拳の衝動を抑えた。心の中だけで反撃する。──ナンダト、コノヤロ。

高層ビルのフレンチレストラン、滞りなく両家の対面を兼ねた食事会が終わり、トイレに立った晋を追うように、岳彦もトイレにやってきたのだった。

「栞も喜んでたぞ、やっと晋と会えたってさ」

岳彦よりふたつ年上の（悔しいが）聡明でステキな、女性だった。

「やっとったって、あんたがあの人、家に連れてこなかったんじゃんか」

反論しながら、晋は唐突に、気がついた。

「うるせーな」

そうだった。四年前の夏に知り合ってから、さすがに結婚の決まった今年になってからは、何度となく彼女を連れてきていたが（その度に、ふてくされて外出していた晋である）、母親から、どんなに彼女に会いたいとねだられても兄はのらりくらりとはぐらかして、彼女を家に招いたことがなかったのだ。

麻乃のときなど、高校に入学してすぐに、相思相愛になってすらいない頃から（そのくせ、コイツは俺のものだという表情で）自慢げに家に連れてきたものなのに。

兄たちが別れた当時、自分はまだ中学生で、つまり、コドモで、だから、もしかしたら、まるきりわかってなかったのかもしれない。

「どうして、連れてこなかったんだよ」

「晋には関係ないだろ」

「どうしてなのか、教えろよ」

スゴむと、岳彦は肩で息を吐き、

「ったく、俺より図体デカくなりやがって」

　舌打ちして、「俺はな、お前の目が嫌いなんだよ」

「誤魔化す気か」

「俺の持ち物、端から欲しがりやがって」

　晋は、心臓を攫まれたように、岳彦を凝視した。

「麻乃のこと、ずーっと見てただろ。お前、麻乃のことばっかり、見てただろ」

「そ……そんなことは……」

「中坊のくせして、あの頃からお前、目つき極悪だったからな。麻乃、怖がってたぞ。家に遊びに行くたびにお前が睨みつけるから、そんなに嫌われてるならと、一時期、家にきてくれなかったんだからな」

　そういえば、しばらく姿を見なかった時期があったような……。

「俺もてっきり、お前は麻乃が嫌いなんだと思ってたよ。そしたらあれだ、麻乃の従兄弟《いとこ》のバイト、あっさり肩代わりしただろ」

「麻乃さん、困ってたんだから、しょーがねーだろ」

「いくら麻乃が困ってるったって、代理がみつからなくても麻乃本人が困るわけでなし。あんな、ハードなだけで微々たる稼ぎのバイト、引き受けるなんて俺には理解できないね」

「あのときもあんた、オレにそう言ったよな」

「そこからだよ。お前が麻乃の機嫌ばかりとって、あんなにじっと見てたりするから、おかしなことになっちまったんじゃないか」

「変な言い掛かりはやめろよな」

「とにかく、俺は栞とお前を会わせたくなかったんだよ！」

「わけわかんねーこと言ってんな！」

「何を告げるでなく見つめてるだけなんて、せこいやり方だよな。そのくせ——」

岳彦はふんと鼻を鳴らすと、「冗談じゃない。二度と、お前に麻乃は見せてやらない。そう決めて、だから麻乃を振ったんだ」

「なんっ！　そりゃ、どういう理屈だ⁉」

「麻乃もお前を見てたんだよ」

え……？

岳彦は細く息を吐くと、

「あーあ、こんなこと、一生教えてなんかやりたくなかったが、俺の顔を立てて、お前、今夜ここにきてくれたもんな」

……え？

「麻乃さんが、何を見てたって……？」

「びっくりしただろ？　俺もな、気づいたときは驚いたよ。——麻乃本人ですら、俺に指摘されて愕然としてた」

気づいてなかった。

無自覚だった。

つまり、……本気ってことじゃん、麻乃。

『確かに俺は気が多いよ。年中、あっちこっちにコナかけてる。だがな、俺は俺なりに、お前に惚れてた。浮気はしても、本気なのはお前だけだ。なのに、お前が違ってたんだ。お前、アイツばかり見てたよな。別れるの、当たり前だろ。俺たち、恋人同士じゃないんだから』

「じゃ、なにかよ」

一気に緊張して、喉がカラカラで、言葉がスムーズに出てこない。「兄貴たちが別れたのって、オレのせい――?」

「そうだよ。大事な恋人を奪われて、お前が俺に嫌われるの、当然だろうが」

「でも、そんな、馬鹿な……」

あの麻乃が、この兄を差し置いて自分を見ていたなんて、信じられるわけがない。

「そんなに動揺するなって。どうせ過去の出来事だ。麻乃が今、どこで何をしてるか知らないが、俺たちとはもう、会うこともないだろうから――」

「今朝、知ったんだけど、オレ、麻乃さんと、大学、同じだったんだ」

「……は?」

「で、明日、会うんだ」

「何だと!?」

岳彦が豹変《ひょうへん》した。「ウソ！　さっきの全部デタラメ！」

まんまと引っ掛かったな、ガキめ。へへへーん。

岳彦にからかわれればからかわれるほど、晋は、真実を噛みしめざるを得なかった。

「兄貴」

「――なんだよ」

「結婚、おめでと」

「なんだよ、今更」

「それから、ごめん」

頭を下げた晋に、岳彦はもう、何も言わなかった。


講義終了の鐘の音を待ち切れず、晋は三十分も前にこっそりと講義を抜け出して、図書館へ向かった。

閲覧室の大きな扉を開け、開けた途端に麻乃が目に飛び込んできた。

昔からそうだった。麻乃がどこにいても、どんな恰好をしていても、一番に見つけることができた。

晋のことなど気づかずに、文庫本に目を落とし、熱心に読み続けている麻乃の脇に立つ。

そうっと本を覗き込み、

「あ。コナン・ドイルだ」

「え？　わ、晋くん」

驚いて、反射的に本を閉じた麻乃へ、

「これ、探偵の？」

「そう、シャーロック・ホームズだよ」

卒論の資料を図書館でまとめていると言っていたのに、麻乃の前には書店カバーのかかった文庫本、一冊のみ。

私語厳禁の図書館、麻乃は視線で晋を図書館の外へ促した。

緑の多いキャンパスの、人気のない日溜《ひだま》りのベンチに並んで腰を下ろす。

「いつだったかな、書店でね、このシリーズが目について、――俺の誕生日に、晋くん、ホームズの文庫をプレゼントしてくれたことがあっただろ？　あのときは、岳彦にいきなり本を没収されてしまって、もらった本がホームズだってことしか、わからなかったんだ。まだきみは中学生で、お小遣いにゆとりがあるわけでもないのに、兄の恋人だからって、それだけの理由で、気を遣ってプレゼントしてくれたのに。……そんなことをね、不意に思い出して、つい、何冊か買ってしまったんだ」

そうしたら本人に再会できるとか。……縁というのは不思議だね。

微笑む麻乃に、

「オレ、本なんかぜんっぜん読まないから、兄貴に、麻乃さんは洋モノのミステリーが好きだって聞いて、本屋のオバサンに選んでもらって、だから、買ったのがホームズだってのは覚えてても、タイトルは、オレにもわかんねー、りません」

正直に告白する。

「なんだ、そうだったんだ」

麻乃がまた、くすくす笑う。「じゃあ、正解を知ってるのは岳彦だけか」

渡した方も、渡された方も、シリーズのどの本なのか、わからない。

それはそれで、今となっては面白い。

「麻乃さん、オレ、教えて欲しいことがあるんスけど」

「俺にわかることであれば、いくらでも」

「どうして兄貴と別れたんですか」

麻乃はそっと顎を引き、注意深く、晋の顔を見た。

「そんな昔のこと、今更聞いてどうするつもりだい？　岳彦は結婚するんだろ？」

「オレ、ずっと麻乃さんが好きだった」

晋が告白した途端、麻乃は両手で口を塞いだ。

「麻乃さんに会って、わかったんだ。オレの中で、ずっと時間が止まってた。四年も会えなかったけど、気持ちはちっとも変わってなかった。今の彼女が十八番目だと噂で聞いた。もし、十八人のカウントに兄貴が入ってるなら、オレを十九番目にして欲しい。もし入ってないのなら、オレを兄貴の次の、二番目の彼氏にしてくれないか」

「無茶苦茶言うね、晋くん……」

麻乃の瞳が揺れている。

両手で口を覆ったまま、くぐもった声で、

「何番目なんて、数えられる、そんなんじゃないんだ。今まで、最初の一番目がいなかったんだ。晋くん、俺は――」

ずっと、見つめられていたかった。

或る日、唐突に、気づいてしまった。

黙したまま、静かで、だがひたむきなまでに強くてまっすぐな、体の芯まで焦がされそうな熱を帯びた晋の視線。いつまでも、その視線の先にいたかった。自分を見つめていて欲しかった。……失いたくなかった。

「きみの、その視線の先に、ずっと映っていたかった。それだけが、望みだったんだ」

そしていつしか、自分こそ、晋を視線で追いかけていた。そんな自分にくだされた岳彦からの別れの宣告。

裏切り者は麻乃の方だった。

「……忘れようとしてたんだ」

岳彦のことも、晋のことも。だが――。

「だったら今日の約束は？　オレの誘いを受けてくれたのは、どういう意味？」

挨拶を交わしてそれっきり。を、覚悟で、背中を向けた晋を呼び止めたのは、麻乃だ。

「それは……」

言いかけたきり、俯いて、晋から顔を背けた麻乃へ、

「わかった」

晋が言う。「オレ、待ってるから。麻乃さんがフリーになんの、いつまでも待ってるから」

「……そんなの、岳彦に、申し訳がたたないよ」

俯いたまま、麻乃は首を横に振る。

「そんなことねーよ。もう、時効だよ。罪滅ぼしだって、もう終わってるよ。だってオレたち両思いなのに、意地の悪い兄貴のせいで四年もつきあえずにいたんだぜ」

ふてくされた晋の言い様に、くすっと麻乃が笑う。

「それにさ、同じ大学だったのが偶然で、昨日テラスで会えたのも偶然で、そのあと、中庭で会えたのも偶然で、でも偶然もみっつ続けば必然だって、言うじゃんか」

「晋くん……」

「四年も会えずにいたのにオレは未だに麻乃さんが好きで、四年も会えずにいたのに麻乃さんもオレのこと、好きでいてくれたんだろ？」

「言い切るね。——岳彦の弟だけのことはあるよ」

からかいながら、頬を静かに伝う涙を指先で拭《ぬぐ》う麻乃の、その綺麗な顔を、すっぽりと両手で包んで、

「……始めて、いいかな？」

そっと、訊く。

晋の眼差しが、躊躇うことなく麻乃を捉える。

こんなに間近で、この視線を受け止めることができるだなんて——。

麻乃はこくりと頷くと、ゆっくりと、まぶたを閉じた。

明るい陽を背にして、晋の影が麻乃に差す。

それは徐々に大きくなって、優しく、麻乃と重なったのであった。


駅から大学までの近道、野良猫のようにいくつものビルの隙間をしなやかにすり抜けると、緑濃い喫茶店が現れる。中途半端な時間帯のせいか、まるきり人影のないテラスの席にひとり座っている青年が、足音に、こちらを振り返った。

アイスティーのグラスの氷が、透けるブラウンの液体の中でくるりと回って、カランと涼しげな音を鳴らした。

「おはよう、晋くん」

その音よりも涼しげな声。

麻乃はテーブルに開いていた読みかけの本を閉じると、

「記録更新ができなくて悔しいと、昨夜は彼女に、めいっぱいおごらされたよ」

ふわりと微笑む。

笑顔に、おもいっきりクラリとしながらも晋は、傍目にはそう映らない仏頂面で、

「結婚式に招べなくてすまないって、今朝、兄貴が」

ボソリと告げた。

「そう」

麻乃はちいさく頷いて、「しあわせにって、伝えといてくれよね」

「わかった。――それと、これ」

デイパックのポケットから、書店カバーのかかった文庫本を取り出すと、「兄貴が、麻乃さんにって」

ぐい、と麻乃へ差し出す晋の頬が心なし赤い、ように、見えた。

もしかして。

書店カバーを外すと、案の定、中身はシャーロック・ホームズ。

「きみがくれたの『緋色の研究』だったんだ」

四年以上も前に買われた本なのに、一度もページを開かれていないその本は、まるきり新品のようだった。「ありがとう。改めて、受け取らせてもらうね」

「麻乃さん」

「ん？」

「その……、麻乃さん、麻乃なにって言うんスか」

兄を含めて、誰もがこの人を麻乃と呼んでいた。てっきり〝ナニガシ麻乃〟かと思っていたら、しばらくして麻乃の方が苗字《みょうじ》だということが判明し、だが結局誰も、一度も麻乃を苗字以外で呼んだことがなく、わからずじまいだったのだ。

「なにって、下の名前のこと？」

名前など、年度末に配られる大学の分厚い学生名簿を調べれば載っている。そんなことはわかっていたが、晋は、麻乃から直接、教えてもらいたかった。

ファーストネームを本人から。――それがとても特別なことのような気がしていて。

「そんなに知りたい？」

からかうように尋ねる麻乃に、晋は真剣な眼差しで、頷く。

――参ったな。

麻乃は溜め息交じりに手招きすると、

「耳、貸して」

促されるままに、素直に大きく上半身を屈めた晋の頰へ、キスをした。

驚いて、麻乃を凝視する晋へ、ゆっくり、まぶたを閉じてみせる。

そうして待っていると、やがて、躊躇いがちに熱い吐息が降りてきた。

合わせられたくちびるの間から、ひらがな三文字分の風が送られる。そして晋は、どうして兄たち（特に兄）が麻乃を苗字でしか呼ばなかったのか、その理由を知ったのだった。

どこまでも邪魔な弟。

でも、それもすべて清算済み。

晋は麻乃の背中へ回した腕に、ゆっくりと、力を込めた。

椿と茅人（Ma Chérie）の、その後（『ささやかな欲望』）

「同居？」

　まーたこの人は、深く考えもせずに。

　という、呆れたような助手席の椿《つばき》の視線に気づかぬふりで、

「椿が浅香《あさか》の家に下宿するのが嫌だと言ったから、俺が家を出ようかと思って」

　本日のバイトを終え、更衣室で大学の課題をしながら茅人《かやと》の仕事が終わるのを待っててくれた椿を、茅人のクルマでアパートまで送りながら、「いっそ分譲マンションを購入するのもありかと思ったんだが、先《ま》ずは、２ＬＤＫの賃貸マンションあたりからスタートするのは、どうだろう？」

「どうだろう？　と言われましても」

　きっと本人的には、椿の同意が得られるような手堅い提案と思っているのだろうが、「ファミレス店長の安月給と、大学生のしがないバイト代だけで、やっていけると思いますか？」

　読みの甘い恋人へ、冷静に返した。

「や、だけど、系列店には、店長の収入で、結婚して家族を食べさせてる人もいるだろう？」

茅人なりに考えに考えた結果の、同居の提案だったのだ。「やっていける、と、思うけど」

「家族ということは、奥さんがいるんですよね？　奥さんが家事をしてくれて、食事も作ってくれるんですよね？」

「今は収入の話をしているんだろ？　家事はまた、別の話だ」

ファミレス店長の安月給と、大学生のしがないバイト代。それらを全部生活費に突っ込むのは不健全だ、というのはわかる。「というか、俺にだって掃除洗濯くらいできるよ、椿」

得意げに茅人が続ける。それはおそらく掃除機や洗濯機のスイッチを入れたことがある、レベルであろうと思われた。が、さておき。

「俺と茅人さんでは、毎回、外食に頼らなければならなくなりませんか？」

自炊するより相当に割高な食費がかかる。——椿はさておき、茅人は筋金入りの御曹司なのだ。本人、そのあたり無自覚だが、上等な食材を好む傾向があるのだ。

「料理くらい覚えてみせるよ、職場が職場なんだしさ」

ファミレスのメニューを作れるようになったところで、そもそも、材料のコストが高い。それに、洋食ばかりだと和食党の椿はツライ。

「それはありがたいですけれど、マンションではなくせめて賃貸アパートから、とか、どうして思わないんでしょうね、茅人さん？」

「椿は安普請が好きなのか？」

茅人が意外そうに訊き返す。

「じゃなくて」

そんな話はしていない。自覚がぜんぜん足りないが、この人の発想はどこまでも御曹司なのだ、庶民の椿とは嚙み合わない。それもそのはず、浅香茅人は天下の大企業『浅香グループ』の御曹司で、六人兄妹の次男である。

ちなみに浅香兄妹とは、次期社長と目されている長男の桐人《きりひと》（名は体を表すというが、若くして気品のある紳士である）、しつこいようだがなぜかファミレスの店長をしている次男の茅人、バンド活動をしている華やかな三男の冬人《ふゆと》、四男の隼人《はやと》と五男の真人《まさと》は大学生で、末っ子で兄たち五人から目の中に入れても痛くないほど溺愛されている高校生の妹、瞳《ひとみ》の六人だ。

一方の椿亮一《りょういち》は、有名私立大にこそ通っているが実家は普通よりやや上の、飽くまで庶民の育ちであった。ただし、きちんと育てられた証しのように、所作のきれいさと、自分のことは自分で決める独立心、責任感の強さを持つ。利発な眼差しと、なにより佇《たたず》まいの爽やかさが、茅人が惹かれてならない理由のひとつである。

「でも椿、せっかく椿と暮らすのに、安普請じゃ不便だよ」

真面目な顔で茅人が続ける。

「どうしてですか。身の丈に合った、正しい選択だと思いますけど」

「だって、音が筒抜けじゃないか」

「――は？」

何の話だ？

「椿にいつも我慢させるばかりで、俺は心苦しいんだよ」

浅香の屋敷へ椿を連れ込みエッチできるはずもなく（なにせ家族の目が多い。使用人の目も多い）、デートは専《もっぱ》らパステルカラーで統一されて見た目はたいそう可愛らしいが、ぶっちゃけ安普請の椿のアパートの部屋で、上にも下にも左右にも音が抜けやすいあの部屋で、椿はいつも懸命に声を殺しているのである。

——はいはいはいはいはいわかりました。

「椿？　顔が赤いよ、どうしたんだ？」

赤信号で止まった茅人が、椿の顔を覗き込んできた。「熱があるのかな？　もしかして、風邪でもひいた？」

心配そうに、椿の額に当てられた茅人の手を押し戻し、

「どうもしません。至って健康です」

否定はすれど、赤面は誤魔化せない。

——そうか、この人は、そっちの心配をしていたのか。

信号が青に変わり、茅人はクルマを発進させる。

運転手である茅人は正面を向いたまま、

「浅香の名義で、都内にいくつか使っていないマンションはあるけど、でも椿、そういうのはイヤなんだろう？」

と訊いた。

そう、嫌だ。

椿の気持ちを、茅人はちゃんとわかってくれている。

「茅人さん、だったらせめて、２ＬＤＫではなくて、２ＤＫにしませんか？」

それだけで、部屋代はかなり安くなるはず。

『……ごめんな、椿。ごめん』

エッチのたびに茅人が繰り返すあの言葉は。

——椿にいつも我慢させるばかりで、俺は心苦しいんだよ。

つまり、そういう意味だったのか。

そのくせ、謝りながら決まって茅人は、椿をたまらなくさせるのだ。

……頰の火照りが止まらない。

「ならば、部屋を探してもいいのかい？」

弾《はじ》けるように茅人が訊く。

「各停でいいので、駅の近くがいいですね」

助手席の、ひんやりとしたガラス窓に火照った頰を押しつけて、

「そうだ！　椿の時給、上げちゃおうかな」

公私混同し始めた恋人との未来を冷静にみつめるべく、努力をしてみる。——だが。

クルマのハンドルを嬉しそうに握る茅人に、愛しくてならないその横顔に、高鳴る鼓動をしずめる術《すべ》は椿にはなかった。

おねだり（『タクミくんシリーズ』）

きっちりと区画整理された小高い丘の新興住宅街に、庭付き駐車場付きの一戸建て住宅が賽《さい》の目状に並んでいる。そのうちの一軒、規模や外観に特筆すべきものはなく（あまりごてごてとしていないモダンなデザイン、というくらいか）、三十歳を目前にして既にとてつもない個人資産を持ち、しかも素性はグローバルなスーパー御曹司である崎義《さきぎ》一《いち》の新居にしては、かなり庶民的なのだが、

「へぇギイ、とうとう有言実行ってことか？」

にやにやと赤池章三《あかいけしょうぞう》がからかう。「祠堂《しどう》にいた頃は、よくクサった冗談を言ってたもんな。二年生のときの寮の３０５号室を称して、オレと託生《たくみ》の愛の巣とかって」

あれからかれこれ十数年。

ギイが託生を巻き込む形で（ついに、というか、ようやく、というか）ふたりで住むことになった家なので、正しくここはふたりの愛の巣（この表現も今となっては独特だが）なので、男《ギイ》の一念岩をも通すとはよく言ったもので、実に揺るぎのない相棒《ヤツ》である。

あの頃からギイの本気は感じていたが、それにしても。

大人になればなるほど否《いや》が応でも浮き上がる、ふたりが同性であること以外の、環境も身分もあまりに違う障害の多さ。

なのによくぞ。と、感心するよりなかった。

膨大に抱えていた仕事をすべてクリアにしてからリタイアしたというギイの決意は、もしかしたら、そうせざるを得ないギイなりの事情があったのかもしれないが、それは本人が話したくなるまで章三からは訊かないとして、それもまた、揺るぎない決意、ということだ。

この若さで隠居生活に入るとは、その選択は相変わらず大胆で、だが、このご機嫌っぷりを見ればしあわせなのは疑う余地なし、なので、これ以上だらしなく浮かれさせないためにも、自分はそれなりにギイの選択を支持しているよ、とは、言葉にしてあげない。

「これ、スイーツにウルサイ女子にも評判の高い店のヤツ」

ざっくりした説明と共に差し出された手土産のケーキの箱に、

「ありがとう」

と受け取りながらも微妙な表情になる葉山《はやま》託生と、大喜びのギイ。

「あれ？　葉山って甘いの食べないんだっけか？」

「ううん。食べなくはないよ」

「こいつ、進んでは食べない」

「そうなのか？　長い付き合いなのに把握漏れだ。そりゃあ悪いことしたなあ。っていうか、むしろ葉山は甘い物が好きそうな印象だよな」

「心外です」

「で、ギイは甘い辛いにかかわらずなんでも大食いな印象で」

「正解だな」

「今も、だよね」

「へええ。それも、あの頃と変わってないいんだ？」


「託生って、甘党じゃあないいんだよな？」

前後の脈絡なく唐突に、ギイに訊かれた。

「――え？　なに？」

３０５号室の、消灯までのひとときのこと。「今、甘党って言った？　味覚のこと？」

「そう。味覚。変わってないんだよな？」

確認のような問いに、

「うん。どっちかって言うと辛党だよ。変わってないよ。なんで？」

本来の〝辛党〟の意味は〝お酒が大好きな人〟とか〝酒豪（？）〟だが、託生が伝えたかったのはもちろん、甘いものよりしょっぱいものの方が好き、である。

ケーキよりはお煎餅《せんべい》だし、野菜カレーの甘さより、キーマカレーの辛さが好きだ。

「なんで……？」

と繰り返したギイは、「……心の準備？」

「なんだい、それ」

笑ってしまう。いったい何に対しての心の準備だ？

人は見かけによらないというが、シャープでクール（辛口と表現しても良い）な美貌の持ち主でありながら、ギイは甘いものが大好きだ。もちろん辛いものも好物だし、食べ物全般に、バリバリに興味があるのだが、とりわけスイーツ全般に目がないのだった。

「っていうかさあ託生ィ、せっかく自分トコのクラスで甘味処をやるってのに、提供するだけってのは旨みに欠けると思わないか？　思うよな？　な？」

「ああ、そういうこと」

質問の意図を託生なりに理解した。今年の文化祭、我が2－Dでは、クラスの出し物として甘味処を開くのだ。

「な、な、な、託生？　オレさあ、すっげえ美味なバランスのパフェを考案したんだよ」

「——へえ？」

「興味あるだろ？」

いや、ない。ないが。ないのだけれど。つまり、これは、美味しいパフェができたので託生に食べさせたいんだとそういうアプローチでありましょうか！　——だよね。

「な、くは、ない、……かな？」

「よし！　じゃあ朝イチで作ってやる！」

上機嫌なギイの満面の笑み。――正解である。

パフェのお誘いを心から喜べはしないのだが、ギイの気持ちは、とても嬉しい。ので、

「ありがとう。楽しみにしているね」

乗り気じゃないけど、嘘でもない。

とてつもなく御曹司で、おそらく世界中のグルメを食べ尽くしていると思《おぼ》しきギイ。おかしなものは出てこないとは思うのだが、ポイントは、甘さの度合いだ。

「そうだった！　あの日の葉山、予防注射を受けにきた小学生みたいな表情《かお》してた！」

思い出し笑いの章三が、ばしばしとリビングのローテーブルを叩く。

酔っ払いの大受けに、だがテーブルのグラスはぐらりともしない。さすが、ギイの選んだ家具である。スタイリッシュなのにこの安定感。――価格は不明。

「オレも思い出したぞ」

対面式のキッチンからギイが口を挟んだ。「あのときの託生、まるっきりオレを信じてない顔してた」

「や、半分は信じてたよ」

託生はキッチンに振り返り、急いで訂正する。

不味《まず》いものは出てくるまいと思っていたが、甘さのレベルが謎だった。だって、おそらく、

ギイが想定している以上に、託生は甘さ控えめが好きなのだ。

「つまり？　お前、オレのこと、半分しか信じてなかったんだな」

ギイの冷静な突っ込みに、託生はへへへと誤魔化し笑いを返す。

「で？　どうだった？」

ギイが訊く。

あの日のパフェ。

「美味しかったです。……ぼくが間違ってました。疑って、ごめんなさい」

「よし。許す」

ギイが満足げに笑ったとき、

「よーし！　ギイ、僕にアイスだ！　僕はバニラアイスが食べたいぞー！」

テンション高く章三がリクエストした。

ギイと章三のふたりで何本ものボトルワインを空け、日本酒やビールやあれやこれやと呑みまくり、正しく辛党のギイは素面《しらふ》のときとさほど変わらず、すっかりできあがっている章三のサービス係に徹していた。

「はいよー、了解しましたー。——託生は？」

「ミントある？」

「もちろん」

「じゃあ、もらう」

好き嫌いのはっきりわかれるところであろうが、託生はミントのアイスは好きだ。

ローテーブルには、わざわざ新居に遊びに来てくれた上に、久しぶりに抜群の腕を奮ってくれた章三の手料理がまだたくさん並んでいた。そのお返し（?）が、ギイがこれでもかと用意した章三の好きそうな世界中の銘酒である。

今夜は泊まりだ。

夜通しの宴会だ。

「んー。それにしても楽しかったなあ、高校時代」

章三が、懐かしい目をする。

「オレは今も楽しいぞ」

と、ギイ。

「はいはいはいはいはい御馳走《ごちそう》さん。それはー、見ればわかる。惚気《のろけ》を聞いてやったお返しに、僕の話もたらふく聞かせてやるからな、覚悟しろよぉギイ」

「わかってるって。朝まで拝聴させていただきますよ」

笑うギイが、そっと託生に目配せする。

託生もそっと笑みを返す。

思い出話に花を咲かせるにはまだまだ若すぎるぼくたちだけど、ひとまず、今夜は思い出に浸る。大人なぼくらのアルバムは〝思い出の上書き〟から始まるのだ。

ぼくたちの、新たなページを増やすために。

ごあいさつ

ここまで読んでいただき、ありがとうございます。ごとうしのぶです。

かなりの過去作ではありますが、楽しんでいただけていたら、とても嬉しいです。そして、久しぶりに『ごあいさつ』を書かせていただいております。ちょっと緊張しています。


今年で商業デビュー（スニーカー文庫）して三十年を迎えることができました。

正直、こんなに長く続けられるとデビュー当時は思っていなかったどころか、「二、三年くらいで終わりそうだからピアノの先生（前職）はやめない」と周囲に伝え、仕事を続けておりました。


スニーカー文庫からデビューしたのが五月、その年の十二月にスニーカー文庫から分離する形でルビー文庫が創刊されました。当時のスニーカー文庫編集部は男の子レーベルと女の子レーベルとをわけたいと数年前から動いていて（女の子向けの文庫を立ち上げたいと、奮闘していらした編集の方がいらしたのです）、僭越《せんえつ》ながら、タクミくんシリーズが大きく動いたのがきっかけとなり、創刊の運びとなりました。

当時を知る編集さんは、現在は、社内にそんなにはいらっしゃらないですし、ルビー文庫創刊がきっかけでその翌年『ＡＳＵＫＡ』増刊号として作られたマンガ雑誌『ＡＳＵＫＡ ＣＩＥＬ』も、当時のことを知る編集さんは、少なくとも現場にはいらっしゃいません。認識のズレといいますか、『ＣＩＥＬ』に至っては創刊号とされるのがその一年後のものですし。

　年月が流れただけでなく、人の移り変わりが激しいと、現在の当事者ですら自分の足元がどのようにできてきたのか、わからなくなってしまうものですよね。せめて私だけでも、ルビー文庫創刊に生涯をかけた（大袈裟な表現でなく）編集さんがいらしたことや、『ＣＩＥＬ』の立ち上げに奔走された当時の『ＡＳＵＫＡ』編集長のことを覚えていようと思いますし、この場を借りて、みなさまへお伝えしたく思いました。


　この三十年間がずっと順風満帆だったわけではありませんが、陰になり日向になり応援してくださった読者さん方を始めとして、たくさんの、本当にたくさんの方々のお陰で、ここまで来ることができました。ありがとうございます。

　そして、自分が小説家をまがりなりにも名乗れるようになった現在に絶対的に欠かせなかったものが〝同人誌〟でした。自分のお金で、自分の責任で、自分が書きたい物語をダイレクトに読者さんにお届けできるツールです。なにより、イベント会場や通販申し込みのお手紙などで、直接、感想をうかがうことのできた、貴重な機会でもありました。

　今回の文庫『Bitter & Sweet Memories』は、そうして作られた同人誌の短編を編纂《へんさん》し刊行しました単行本『Bitter Memories』と『Sweet Memories』から、ルビー文庫にゆかりのあるものを中心に抜粋し、加筆修正したものです（抜粋前の単行本『Bitter Memories』『Sweet Memories』は、電子書籍にて発売されております。よろしければ、ぜひ）。

若い、というより、いっそ幼い頃に書いたといっても過言でないくらいに、読み直すと気恥ずかしいものがありますが（キャラクターの名前の偏りとか、好みがダダ漏れしてますね笑）、あの頃も今も、一所懸命恋をして、一所懸命前を向こうとしている、そういう人を書きたいのだなと、改めて認識しました。

お気づきの方もおられるかと思いますが、この文庫には、単行本に収められていない短編も収録されています。ルビー文庫にゆかりのあるものが、いくつか。託生くんたちの短編もそのひとつです。実は、今回はページ数の関係で収録することができなかった短編がまだ数本ありまして、そのうちのひとつが浅香五兄弟＋妹が主役のルビー文庫『ささやかな欲望』にて、ただひとり、メインキャラとして活躍していない三男のバンドをしている冬人の物語です。なにかの機会に、ぜひ、みなさまに読んでいただけたらと、心密かに。

最後になりますが、めっちゃエモい（背中の温もりが伝わってくるような）紀一と繁の表紙イラストや、挿絵を描いてくださいました丹地《たんじ》陽子《ようこ》先生、この度はお世話になりました。そして、ありがとうございました。

ごとうしのぶ

恋するワーカホリックたち

「同居？　諸麦が？」

表情の変化の少ない友人（親友もしくは腐れ縁と呼ぶべきか）が、珍しくもあきらかに驚いて訊き返した。

自他共に認めるワーカホリック、会社ではもちろん、自宅であっても、とことんマイペースに自分の時間を使っているのに。

「どうせ長続きしないと思ってるだろ？」

先手を打つ卓へ、

「ああ」

遠慮のカケラもなくあっさり頷いた、とびきりに綺麗な造形。長い付き合いだが、こんなに綺麗な男を、芸能人も含め、卓は他に見たことがない。

「沢地といえば遠距離恋愛のベテランだものな、同居となると対極だ」

だが〝遠距離恋愛〟というワードに、沢地淳はやや曖昧な表情を見せた。卓に負けず劣らずのワーカホリックであるだけでなく、ヨーロッパに住む恋人と日本に住む沢地、どちらも拠点を譲らないので〈双方共に譲れない理由があるのだ〉、もう何年もずっと、離れ離れの恋人同士なのである。

もちろん、筋金入りの出無精の沢地がヨーロッパまで恋人に会いに行くこともあるし、恋人が日本へ、沢地に会いにくることもある。年に数えるほどの逢瀬《おうせ》だが、ちゃんと付き合っている恋人同士、なのである。

「諸麦は家に他人がいて、平気なのか？」

沢地のシンプルな問いは、つまり、沢地は家に、それがたとえ恋人であっても、誰かがいるのが苦手なのだ。集中や、思考の邪魔をされたくない。仕事の効率が落ちるから。

「これまでは無理だと思っていたさ」

「だろう？」

「だが、出会ってしまったんだよ」

なんとしても繋《つな》ぎ止めておきたい人に。自分勝手なライフスタイルを貫いている自分の弱点を曝《さら》け出してでも、そばにいて欲しい人と、出会ってしまった。

「例の大学生？」

恋人ができたことは、卓は沢地に話してあった。

「そうだよ。多岐川樹」

仕事の同僚であり、これは仕事の範疇《はんちゅう》ではないが、やや特殊な沢地の体調やコンディションを管理（守りたいのだ）するために、卓は沢地のプライベートのほとんどすべてを把握していた。そのお返しにという意味ではないが、卓も沢地へかなりのプライベートを伝えている。

「……ふうん」

短く頷いた沢地は、「今度、ここへ来させてよ」

と、言った。

「――え!?」

卓は驚く。「ここへ?　樹を?」

ここ、とは、沢地の自宅兼仕事場の都内の高級マンションである。一カ月に何度か卓は沢地のマンションを訪ねるようにしていた。沢地からの頼まれ物を運ぶこともあるし、会社からの届け物を運ぶこともあるが、顔を見て、声を聞き、本人は絶対に口を割らないコンディションを把握する為に。

筋金入りの出無精であるだけでなく、沢地は筋金入りの人間嫌いなのだ。大事なクライアントでさえ、場合によっては一度も会わぬままに仕事を終える。ファニチャー専門デザイナーの沢地は、世界が認める天才で、黙っていても世界中からオーダーが入る存在でもあり、横柄と映るそのような態度も(人間嫌いがつとに有名なので、そのおかげもあり)クライアントに受け入れられているので特に問題にはならないが、その沢地が樹を自宅に呼ぶとは。

「なんだ、不都合でもあるのか」

むっすりと訊かれ、

「不都合はないよ。だが、驚くだろ?　沢地御大が人と会うなんて。それも、クライアントですらない一介の大学生と」

「一介の大学生ではないよ」

沢地は否定し、「親友の恋人だ」

と、微笑んだ。


また振られちゃったよ。

二言目には笑って報告していた諸麦卓が、同居に踏み切ってまでも失いたくない人。

「きみが、多岐川樹くんか」

と、確認され、頭のてっぺんから爪先まで一分の隙もなくチェックされるような鋭い眼差しで見詰められ、樹はがちがちに緊張していた。

容赦なく値踏みされているのが伝わってくるだけでなく、とんでもなく美しいのだ、目の前の、卓から何度となく話には聞いていたが、会うのは初めての沢地淳は。

ここでお眼鏡に適《かな》わなかったら、自分は卓と一緒に住むことは敵《かな》わなくなるのだろうか。家族でもない友人の（親友だ）この人の判断ひとつで。

だが、なにをどうすれば機嫌が取れるのか、いや、機嫌を損ねなくて済むのかすら、初対面の沢地から窺い知ることは不可能だった。

「きみは、諸麦のどこが好きなの」

淡々と訊かれ、

「……どこ、ですか？」

樹は返事に詰まる。

ピンチを救われた出会いから、——おかげで受験会場に迷うことなく遅刻もせずに着けたことといい、もらった名刺をお守りがわりに励まされたことといい、電話で受験合格の報告をしたときの卓の声といい、ふとしたときに思い返してしまうほど、おそらく、気づいたら好きになっていた。

それが恋だと自覚するにはもう少し時間が必要だったが、自覚のないまま、母親へ、二言目には卓の話をしていたらしい。そのことを、あるとき母親に指摘されて、樹は自分の思いにようやく気づいたのだ。

そこからは、樹は卓へ片思いをする日々だった。

両思いになれるとは、夢にも思わなかった。

「きみ、もう諸麦のマンションに引っ越したの？」

樹が答えに詰まっている間に、沢地は次の質問に移った。

「はい。先週、引っ越しました」

「大学生だろ？　自分の部屋で勉強するの？」

「あ……、はい。部屋を、用意していただいたので」

「……ふうん」

と、頷いた沢地に、またしても樹はじろじろと見られる。

いくらきみがまだ大学生で、彼氏が社会人でも、おんぶに抱っこで甘え過ぎだね。と、厭味のひとつも言われるのかと思いきや、

「部屋で勉強しない方がいいんじゃない？」

と沢地は言い、言われた意味がよくわからないままに、そろそろ仕事に戻るから、と、樹はマンションから帰されてしまった。

……謎過ぎる、沢地淳。

それなりに覚悟をしてきたけれども、卓のマンションに戻ってからも、樹はなんとも落ち着かない気分で、その夜、卓の帰宅を待ったのだった。

——三年後。

「樹、遠距離恋愛ってどう思うかい？」

出し抜けに訊かれて、

「遠距離恋愛ですか？」

キッチンに立っていた樹はピーマンを包丁で切る手を止める。——本日の夕飯のメインディッシュは最近の卓の大のお気に入り、樹特製ピーマンの肉詰めである。基本的なレシピに少しアレンジを加えただけなのだが、なぜか卓がどハマりしたのだ。

キッチンに隣接した広いダイニングルームの中央には、縦長のダイニングテーブルが置かれていた。縦の長さが平均的な四人掛けのダイニングテーブルの一・五倍ほどの、テーブルである。椅子がふたつ。デザインは同じだが、サイズは異なっていた。

ひとつは卓に合わせたサイズであり、もうひとつは樹に合わせたサイズである。

卓と樹が同居——同棲を始めて数週間後に、

「引っ越し祝い、送ったから」

と沢地から連絡があり、次いで届いたのが沢地淳デザインによるダイニングテーブルと椅子のセットであった。世界で、ただひとつの。「サイズは合わせたから、そのテーブルで諸麦は仕事をすればいいいし、多岐川くんは勉強をするといいよ」

同じ空間で、広いテーブルをふたりでのびのび使えばいい。

『部屋で勉強しない方がいいんじゃない？』

と言われたそれは、ワーカホリックの卓のペースに合わせてそれぞれの部屋に引き籠もってしまっては、せっかく同居を始めても、少ない接点が更に少なくなってしまうよ、という沢地からの心遣いであった。

テーブルの端と端を仕事と勉強のスペースにしても、中央で向かい合って食事ができる。それくらい長さのあるテーブル。しかも、デザインがすこぶる洗練されている。

樹は感動し、以来、直接会う機会も話をする機会もほとんどないが、沢地の大ファンになったのであった。

テーブルの自分のスペースで、タブレットに届いた仕事のメールをチェックしていた卓が、樹の方を向き、やけに真剣な表情で返事を待っていた。

「……それは、ぼくが遠距離恋愛に耐えられるか、という意味合いの質問ですか？　その可能性がある、という意味ですか？」

「まさか！」

卓はタブレットをテーブルへ置くと椅子から立ち上がり、大股でダイニングからキッチンの樹の元までくると、「もしそんなことになったなら、わたしの方が耐えられない。無理だ、樹と遠く離れるのは」

樹が包丁を手にしているのでバックハグは諦めて、樹の脇に並ぶ。

「良かったです」

ホッと樹は微笑んで、「心の準備に、ちょっと時間がかかりそうなので。でももしそうなったら、覚悟は、するつもりですけれど」

卓のマンションへ樹が引っ越してふたりの生活が始まり、かれこれ三年。卓のワーカホリックは相変わらずだが、沢地から贈られたダイニングテーブルのおかげで、樹はいつでも卓の姿を捉えることができていた。――それぞれの自室に籠もっていたならば、樹はもしかしたら、寂しさのあまり、どこかで耐えられなくなっていたかもしれない。

ちゃんと仲良く同居しているのに、それぞれがひとり暮らしのように、自分のすべきことができる不思議な生活。仕事に集中しているときは目の前に樹がいても見えていないのでは、と疑いたくなるような卓なのだが、前触れなく、ストンと憑《つ》き物が落ちたかのようにワーカホリックから恋愛モードへ移行する。その瞬間を、おかげで樹は見逃さずに済んでいた。

　それもこれも、沢地から贈られたテーブルのおかげだ。そして、これが、卓と樹の〝ふたり暮らし〟の形であった。

「仮にそうなったとしたら、たとえば、海外進出に伴って数年間赴任をと会社に求められたなら、わたしは樹を連れて行きたい」

　ときにかかわってあげられなくても、常に同じ空間に愛しい人がいる安心感。卓にとって、かけがえのない生活である。

　樹なしの日々など、卓にはもう想像すらつかない。

「あの、卓さん、その場合、就職したばかりのぼくの立場はどうなりますか？」

　この春、無事にM大を卒業し、無事に就職もできた。四年生になったタイミングで、大学卒業を機に故郷の長野へ戻るという話も実家から出たのだが、それを知った卓が血相を変えた。

　卓のことは当初、大学受験のピンチを助けてくれた恩人として樹の家族に認識されており、一緒に住むことになったときには樹と共に長野へ挨拶に出向いていたので、礼儀正しい社会人としても認識されていたのだが、Uターン就職の件での卓の大慌てに、ふたりの関係に薄々気づいていながらも、皆、はっきりと言葉にはしなかった諸々を、カミングアウトしあう展開となったのだった。

　樹が、卓と恋人同士になる前に、密かに片思いしていたことを知っていた母親が、調整役として動いてくれたおかげで、都内での就職となり、かれこれ半年、樹はようやく仕事に慣れてきたところである。

「しまった！　そうだった、樹にも仕事があるね」

樹は卓ほどのワーカホリックにはなれないが、それでも、一人前になるべく頑張っている最中である。

「でも、お気持ちは、嬉しいです」

海外の仕事を終えて戻るまで待っててくれと言われても嬉しいし、一緒にきて欲しいと言われたら、それももちろん、とても嬉しい。

両手は塞がっているので、樹は卓の胸へ軽くとんと頭を当てた。

それを、じんわりと受け止めて、――しあわせだなあ、と、噛み締めつつも、

「自分が耐えられそうもないのに、社員に命じるのは、……ちょっと気が引けてね」

卓は正直に打ち明けた。

「え？　本当に、海外進出の話が出てるんですか？」

樹は卓から離れると、ハタと見上げる。

「ちいさなチームをひとつ、ニューヨークへ派遣することになってね。そのメンバーのひとりに、七瀬くんが選ばれたんだ」

卓が言うと、樹は、

「そんなの、沢地さんが可哀想じゃないですか！」

と、嚙み付いた。

「樹も知ってのとおり、沢地は遠距離恋愛には慣れているよ。前の恋人とはずーっと――」

「前の人は恋人なんかじゃありません。沢地さんの恋人は、七瀬さんだけです！」

「……断言するね、樹」

眩しいほどにまっすぐな眼差しの恋人を、卓は愛しげに見詰めて、

「仕事だから七瀬が海外に行くことは、沢地にも、樹にも、受け入れてもらわないとならないが、わかったよ、ふたりの恋を、わたしがちゃんと応援する」

「絶対ですよ！」

自分のことのようにムキになる樹に、――ああ、いいなあ、と、改めて卓は思う。

見かけによらず人情家の樹。

「約束する。絶対だ」

優しくて、潔い、卓の恋人。

『引っ越し祝い、送ったから』

ほんの数分、会って話しただけで、『良い子じゃないか。――大事にしろよ』

クチウルサイ親友が認めた、自慢の恋人。

――大事にするよ。

だからきみも、捻くれずに七瀬を大事にするんだよ、沢地。

〈初出〉

とつぜんロマンス
単行本『Bitter Memories』(2003年2月)

さり気なく　みすてりぃ
単行本『Bitter Memories』(2003年2月)

蜜月
単行本『Bitter Memories』(2003年2月)

TAKE　A　CHANCE
単行本『Sweet Memories』(2003年2月)

FREEZE　FRAME　眼差しの行方
単行本『Sweet Memories』(2003年2月)

椿と茅人(Ma Chérie)の、その後
ごとうしのぶ個人誌『2004夏便り』
「あの人のその後」編(2004年8月15日発行)

おねだり
ルビー文庫創刊24周年記念全員サービス小冊子『おねだり』
(2017年6月)

恋するワーカホリックたち
書き下ろし

KADOKAWA
RUBY BUNKO

Bitter《ビター》 &《アンド》 Sweet《スイート》 Memories《メモリーズ》

ごとうしのぶ

角川ルビー文庫　23449

2022年12月1日　初版発行

発行者——山下直久
発　行——株式会社KADOKAWA
〒102-8177　東京都千代田区富士見2-13-3
電話 0570-002-301（ナビダイヤル）
印刷所——株式会社暁印刷
製本所——本間製本株式会社
装幀者——鈴木洋介

ISBN978-4-04-113119-0　C0193　定価はカバーに表示してあります。

KADOKAWA RUBY BUNKO

角川ルビー文庫

いつも「ルビー文庫」を
ご愛読いただきありがとうございます。
今回の作品はいかがでしたか？
ぜひ、ご感想をお寄せください。

〈ファンレターのあて先〉

〒102-8177 東京都千代田区富士見 2-13-3
株式会社KADOKAWA
ルビー文庫編集部気付
「ごとうしのぶ先生」係